KB098988

정자낭구 안둥네 사람덜

국립중앙도서관 출판예정도서목록(CIP)

정자낭구 안둥네 사람덜 : 김충자 시집 / 지은이: 김충자. --
대전 : 지혜, 2015
p. ; cm. -- (지혜사랑 ; 128)

권말부록: 정자낭구 안둥네 사람덜
ISBN 979-11-5728-034-6 03810 : ₩9000

한국 현대시[韓國 現代詩]

811.7-KDC6
895.715-DDC23 CIP2015020613

지혜사랑 128

정자낭구 안둥네 사람덜

김춘자

지혜

시인의 말

교장실에 불려간 적 있었쥬. 워째서 고등학상이 느려빠진 사투리를 그럭키 많이 쓰느냐구유. 표준어를 강조하던 때였슈. 그런디 암만 써 볼래두 어색하기만허테유. 표준어 문턱을 넘기엔 구수허구 정겨운 사투리가 이미 내 몸의 일부가 되어 있었구먼유.

풍요와 빈곤의 두 시대를 넘나들메 살아온 우리네 삶, 배넌 곮었지먼 늘 꿈이 있었던 시절과 배넌 불른디 마음의 허기를 채우지 뭇허넌, 그래서 늘 목마른 현실을 보네유.

굶기를 밥 먹딕기 헌 부모님들의 인생을 뒤돌아 보멘서 지끔의 삶을 우리 한 번쯤 디려다 보면 워떨까유.

앞만 보구 달려온 부모님 덜의 인생이었슈. 인저넌 해가 지우넌 노년, 잊혀진 추억 여행 한 번 보내드리구 싶어 지끔은 가뭇읎넌 옛날애기덜을 하나씩 찾구 뚜어 여행길목이다 살포시 심어봤네유. 아련헌 추억여행이 될 수 있을넌지 사뭇 걱정시럽지먼유.

2015년 6월
김충자

차례

2부

3부

4부

• 일러두기
한 연이 첫 번째 행에서 시작될 때는 > 로 표시합니다.

1부

정자낭구 안둥네 사람덜 1

— 숲굴 얘기

삼테기 모냥으루 옴폭 들어앉은 정자낭구 안둥네 충남 당진군 고대면 항곡리 숲굴은 그이딱쟁이 같은 묵은 초가집들이 모데모데 살었쥬 삼백 살 버덤두 더 잡숴뵌다넌 멧 아름디리 정자낭구가 둥네를 지켜주구 션허게 터진 채운들은 꼬매신은 껴먹고무신 콧중배기 숙으루 누덕누덕 져 입은 등걸이 훈술 숙으루 쬐끔씩 꿈이란 걸 키워줬쥬 엿판을 메구 이장 저장으루 발품 팔던 범식이 오머니, 넘의 집 머섬살이루 잔뼈가 늙은 미순이 아버지, 잡화 광주리루 머리 밑 다 빠진 만셉이네 할메, 시오릿 질 벳짚 사서 고개 뿌러져라 여다가 가마니 쳐 희망이란 눎과 맏바꾸던 사작빠른 사람덜이었슈 훈훈헌 인정은 또 워땠넌디유 챕쌀 한 말 애끼구 애꼈다가 복 다래미 삼시 시끄니 곱삶은 보리 꽁뎅이루 허구레 진기 다 빠졌을적이 인절미 치대어 나눠 먹던 꿀멋, 디야지게기 한 근 뜨구 듬으루 은은 비개뎅이 무쇠솥 가득 짐치국 끓여 앞집 옆집 근너집 한뚝배기씩 으레껀 나누넌 건 줄 알었던 사람덜이었씅께유 그 인정 때미 배가 곯어두 배가 불렀던 정자낭구 안둥네 사람덜였구먼유

나이 탓일라나유 요새넌 찾아 볼라구헤두 읎넌 옛날 일들이 자꾸만 떠올러 뒤지구 더듬어 봤구먼유 탑새기가 시루떡 케 같은 머리 숙 틈우지 빛바랜 얘기 쪼각덜이 곰삭어 있데유 잊혀질까 미서운 인정쪼각덜 인제버텀 우리네 빈 마음터이다가 채국채국 모종헤 볼라구유

정자낭구 안둥네 사람덜 2

— 슬날 애기

빨간 유뗑치마 노란 반호장 저구리 슬 비슴두 엇저녁 꺼먹 반다지 농 숙이서 잠 설쳤을뀨 핵교이서 오기 미섭게 농 숙 디려다보구 맨지작 맨지작 "자그매 만져라 입기두 전이 다 닳컸다" 시넌 오머니 슫달 그믐밤은 워째 그러키 질기두 허던지 첫 새벽부터 뒤시럭떨다가 지청구 한 종그락 뒤집어 썼쥬 떡국으루 한 살 더 먹넌 둥 마넌 둥 부모님께 시배 디리구 아랫말부터 윗말까지 빼논 집 읎이 시배를 댕겼슈 워니 집은 부칭개 워니 집은 알룩달룩 요강사탕 또 게기를 뭇 산 집은 수수부께미 쓸어 수이게기 대신 께미루 는 떡국을 주시덩걸유 한나절 제웁더락 시배 댕기구나먼 장단지가 뻐근헤지구유 고드름 떨어지넌 양지바른 추녀 밑이서 "야, 니꺼넌 은 백이다 내껀 금 백인디 재 색동저구리 너무 이뿌다 그치?" 서루 옷 자랑했쥬 눈이 부신 눈밭은 애들의 꼬까옷으루 온 둥네가 꽃밭이었구먼유 오머니덜은 진젱일 부억이 들어서서 떡국 끓여 시배꾼 치송허구 할머니넌 덕담으루 시뱃둔 가름헤두 그냥 좋기만 헸어유 한나절 제웁구 부엌일 수억헤지먼 늘뛰기를 시작헸지유 말만쓱헌 시약시덜허구 아지메덜 늘 뛰다가 늘판을 잘뭇 디뎌 미끄러지면 깔깔거리기두 허구 늘판을 심껏 밟으먼 하늘 끝이 워디냐머 댕기머리 펄럭였쥬 둥네 꾼덜 워니새 한마당 뫼들어 한쪽이선 늘 뛰구 한편이선 윷 놀구 으진 눈밭의 강아지처럼 뛰던 애덜, 슬비슴 떠오넌 날버텀 손 꼽었던 오늘 기명빛 꼬까옷 갈어 입구 서쪽 둥네루 시배 갈 채비를 허구 있던 햇님

정자낭구 안둥네 사람덜 3

— 정월 대보름 날

"난 여기가 다섯 번째닝께 원제 아홉 번 먹으라 댕긴댜" "옵새, 삼은 아홉 광주릴랑 사리 한 광주리두 안 삼구 밥만 아홉 번 먹으면 된댜?" 머처럼 대문 배깥을 나온 둥네 아줌니덜 수다를 떠는디 용이 엄니 한상 채려 놓구 "채린 게 벤벤투 않혀" 취나물 씨래기 무나물 피마주잎 질겡이 무 지지구 뻿섬 만들구 남은 삼껄파래 그 가운디루 푸짐헌 오곡밥 침 넘어갔쥬 "용알 떠다가 헌 밥이여, 보통밥 허구 틀리닝께 많이 덜 먹으라구" 보름날 새벽 첫닭이 홰를 치기 전 질 먼저 우물이 가서 짚을 십자루 놓구 절 허구 물을 떠 오넌 게 용알이구먼유 "이번인 즈이 집으루 가슈" 옥이 오머니가 앞장 섰쥬 마당이넌 아저씨덜 윷판이 한창이구 말을 잡은 옥이 아베 윷판에 들어서서 더덩실 춤을 추니께 "남자들만 놀라넌 벱 읎응께 우덜두 한판 허까?" 노넌 옆이다가 멍석 깔었쥬 "모냐" 던진 윷가락 모두 엎어진 모 다시 던지니 샷자 멕여논 시 동문이 말을 잡구 멍석 가운디서 얼씨구 춤 추넌 옥이 오메 이맛전엔 땀방울이 송글송글했슈 즈내 웅크렸던 둥네 사람덜 전수 나와 시시껄껄 가심 폈구 겨우내내 눈구름 맹기느라 바랜 햇살두 제제찜에 두볼 발그둥둥헌 하루였쥬

정자낭구 안둥네 사람덜 4

— 쥐불싸움

구허기두 심들었던 깡통 밑이다가 커다란 쇳못으루 여기저기 구녕을 뚫어 철사루 질게 끈을 달면 쥐불깡통이 되더먼유 솔껄 깔구 솔방울 그득 채워 불을 붙여 철사끈 돌리면 불이 살어났쥬 덕구넌 시집 갈 누나 이불 헐 목화숨 훔쳐다가 휘발유 묻혀 숨 방맹이두 맹글었어유 채운리허구 봉생이 그러구 숲굴 둥네이서넌 해꼬가 아직 남어 있을 적부터 왁자왁자했구유 부잣집 맏메누리 닮은 대보름달이 심판을 볼 께라구 내려다보며 덩달어 신명났지유 쥐불싸움에서 지면 그 해우년 숭년이 든다구 각오두 심졌구유 '와'허넌 함성소리와 함께 시 둥네가 달려들어 깡통 뺏넌 쌈이 벌어졌쥬 뺏기구 뺏구 넘어지구 둥글구 다치구 울구 이긴 둥네넌 뺏은 깡통을 돌리며 기세 등등했구 진 둥네넌 코가 스발은 빠져 귀죽었쥬 한참이나 심을 뺀 아이덜은 니집 내집 헐 것 읎이 헛기침 한번 허구 부엌 무쇠솥이다 밥이랑 반천까지 느둔 인정을 훔쳐다 먹군했구먼유 그 인정이 워치기나 꿀맛이었던지유 멧시껭이나 되었을라나 누가 잡어가두 물르게 골어떨어지면 혼저 남은 달은 남생이네 토방 위 진흙 투생이 꺼먹고무신 말끄래미 디려다 보다가 반은 찌우러진 진숙이네 돼지 울깐 여나문 마리 새끼 품은 에미돼지 단잠에 빠진 모냥새를 보구 씨익 웃으며 짚세기끈 고쳐 매데유

정자낭구 안동네 사람덜 5

— 정월 열나흗 날

온 동네 굴뚝이서넌 일찌감치 저녁 연기 소담시럽게 피어났쥬 나물 볶구 동태 능구 무 지지구 마른 짐에 지름 발러 굽구 오곡밥을 허지유 오늘은 저녁밥을 일찍 먹으야 한 해 동안 늦저녁을 안 먹넌데유 배깥이서 수덱이넌 즈이 아버지 따라댕기며 노가지 나무 처다가 태우구유 그럭키 허면 노래기가 안 생긴다네유 잿간이다가넌 볫짚을 모심딕기 풍년을 심구 지붕 위이넌 솔가지 도러가며 던져놨쥬 동네 한 가운디 노적가리 세우며 풍년을 빌구 빌었구유 비싼 짐은 뭇사구 삼껄파래루 벳섬 맹길어 수둑허게 담은 쟁변을 선반에 올려놓구 이 벳섬만큼 올 가을 곡간이 수북허길 고대허던 심성덜, 밤이 짚어두 아이덜은 잠을 뭇잤어유 오늘밤 잠들면 눈썹이 센다구유 언니덜은 밀가루를 멀겋게 개여 장농 밑이다 감춰놓구 우리가 잠자기만 지달리며 천연덕시러웠쥬 꾸벅꾸벅 앉아서 졸다가 제풀에 쓰러져 골어 떨어지면 붓이다가 밀가루 반죽을 묻혀 하얗게 눈썹을 그렸쥬 참다 참다 든 잠이라 시상 물렀슈 허옇게 센 눈썹을 보며 낄낄낄 재미났던 언니덜, 잠이 깨면 얼릉 눈썹버텀 만져 봤지유 두툼허게 칠헌 밀가루 바짝 말러 맨이루 떼면 눈썹 다 빠지구 아퍼서 뜨건 물루 불렸다가 떼야 거든유 막내가 밍경을 디려다 보메 울면 "그녀리 눈썹 할아베 또 오면 혼구녕 내줄 테닝께 울지마러" 달래주던 작은 오머니 정월 열나흗 날 밤이면 그 할아베 올깨미 젤루 걱정시러웠던 코 묻은 우리덜의 유년이었구먼유

정자낭구 안둥네 사람덜 6
— 귀 밝이 술

"작은 오머니, 내 더위" 얼떨결에 더위 먹구넌 기맥히신가 봐유 원체넌 더위를 잘 타 해마두 여름이면 콧장뎅이 땀데기 으시져 멧꺼풀 베껴졌쥬 콧등이 빨개져 코 빨간 중이라구 놀림 받넌 게 싫었던 충희넌 기를 쓰구 더위를 팔었슈 오머니넌 부름 깨밀어 비낱으라구 이빨 튼튼헤진다시머 밤허구 호두를 나눠 주셨구유 살찌라구 배꼽떡두 헤 멕이셨쥬 으른 애 헐 것 읎이 귀 밝으라구 귀밝기술 한 잔 쓱 돌어가메 입맛 다시던 정월 대보름날 아침 마당 구텡이 호두낭구 위 일찌감치 마실 온 까치 내외가 즈덜두 한 잔 달라구 꼬랑지 추썩이메 깍깍, 등 너머 이서 벌겋게 미리 취헌 햇님 슬그먼치 채운고개를 올러오구 있었슈 오늘은 아침버텀 왼젱일 자네 한 잔 나 한 잔 귀밝기술잔 지우리머 온 둥네가 쓰렸쓰렸 비틀거릴 것 같은 얼싸 좋은 대보름이구먼유

정자낭구 안둥네 사람덜 7

— 신방新房

얼미기가 사내 같어 시집두 뭇갈 게라구 놀림 받던 순금언니 번뜻헌 실랑 만났쥬 연지곤지 찍구 원삼 족두리 초례청 드니 월마 전 시집 온 새 새닥 쥔각시 스구 마당 가득 둥네 꾼덜 웃으면 딸 낳는다 놀려싸두 씰깃두 않던 걸유 빙깃거리메 건네주넌 술 넝큼 넝큼 잘두 받어 마시더먼유 동짓달 쥐꼬리만헌 해 지울구 젊은이덜 신랑 달어 먹는다구 패다 만 장작 몽뎅이 들구 몰려와 꺼꾸루 매달구 "숙굴이서 질 이쁜 츠녀 훔치러 온 니눔의 大十(대십)은 뭐여?" 발바닥 몽뎅이 찜질허니 "아이구, 아이구 죽을 죄 졌슈" 엄살소리 안시러운 장모님 주안상 매련헤 놓구 들구 사정 허데유 제우 풀려난 신랑, 밤 이슥허여 차려진 신방에 드니 순금언니두 별 수 읎넌 천상 새각씨 더라닝께유 삼간옴팡 찌우러진 문짝에 끔딱지마냥 눌어붙은 말 만쓱헌 츠녀덜 침 발러 문구녕 뚫었쥬 그 구녕으루 서루 디려다 볼라구 칠칠거리메 신방 엿보넌디 족두리 베낀 실랑 얼릉 등잔불을 훅 불어 끄지 뭐유 과년헌 새약씨 시집 보내너라 시끌버끌했던 하루가 그러키 죄용허게 잠들으닝께 얼씨구나 해산날 가차운 밍경 같은 달님 감나무 가지 끝에 가쁜 숨 걸어놓구 뚫어논 문구녕으루 혼저 헤벌레 엿보구 있었구먼유

정자낭구 안둥네 사람덜 8
— 농 숙 기경

시오메자리가 싸납다구 노총각 아들 하나 있넌 거 슨 보면 맨날 삐그러지던 범식이 혼사를 치렀쥬 샘일 날 아침 일찌감치 일어나 시으른께 문안 인사 디리구 혼수루 헤온 주발이다 친정오머니가 고봉으루 느 주신 챕쌀이랑 빨간 팥으루 진지상 올렸지유 한나절이 다 뎅께 범식 오메 이우지 끈덜 잔치 후물림으루 즘신 대잡헸구유 그런대미 농숙 기경두 시켰어유 시오머님은 장농 문 열구 농 숙을 다 내놓으며 치마 저구리 두죽 앞치마 숙깃이 두죽 반버텀 시작허여 버선 색색 골무 스므 켤레 광목츤에 수 논 십자수 홧대보 양복 덮개 방석 수 년 둥안 입구살 입성을 매련헤 와야 헸으니껜유 아즘니덜 틈에 낑겨 알룩달룩 기경허넌 재미가 월마나 좋던지 "어이구, 숫허게두 헤왔네" "그레기나 말여" "무얼, 순님이 올케넌 더 많이 헤왔더먼" 시오메의 볼텡이 먹은 한마디에 벌게진 새 새닥 쥐구녕이 워디냐 헸쥬 "그집은 말 헐 것두 읎어 친정오메 등골 다 빠졌것더 먼 뭘" 저녁 가리 되어 뱎기루 나옹께 벌써버텀 손주녀석 지둘르넌 시오메의 맴을 엮 딕기 노총각네 추녀 밑 고드름 주렁주렁 금줄루 띠어져 있었어유

정자낭구 안둥네 사람덜 9
— 경지정리

채운들 논배미 이름이 다 있었쥬 논이 지드렇다구 배얌둥개 똘강 옆이 있다 허여 똘섶 다른 배미버덤 높다구 높디리 워니 날 민서기가 둥네 꾼덜 불러놓구 채운들을 경지정리 헤야허넌 그 이유에 대허여 설명헀지유 "논배미를 다 뜯어 고치넌 게 뭐 라나?" "그러먼 네 땅 내 땅 워치기 다 갈른댜?" 둥네 사람덜 영 문두 물르구 걱정 반으루 두세두세 허넌디 급작이 츰 보넌 부 르도저 수십대 채운들 논배미 이름 전수 지워 맹그수름허게 맹 길어놨쥬 남자 여자 헐 것 읎이 전수 나가 공사 일 헀구유 배급 으루 밀가루 받어다가 한 달이면 멧십 푸대 대창말래이다 쟁여 놓께 그거 쌓이넌 재미루 손톱 발톱 삭는지두 물렀쥬 맷돌루 갈은 삭밀가루버덤 매끼럽구 하얀 밀가루 복 터진 아지메덜 수 제비 칼국수 찐빵 호떡 부칭개 된장짜장까정 안해 먹넌 것 읎 이 전판 밀껏 투셍이였당께유 그 바람이 농사 진 쌀 애껴 장례 놓구 또 늘려 아들눔 중핵교두 보내구 다랑가지 장만허여 형세 가 행결 좋와졌능걸유 해마두 가뭄이먼 으레 옥신각신 쥐어잡 던 머리끄뎅이 물꼬 쌈 읎어 참 좋왔슈 지게 대신 니아카질 허 니깬 허리두 행결 안 아푸구 워쨌꺼나 새마을바람 제대루 맞 은건 우리둥네 사람덜이었다닝께유

정자낭구 안둥네 사람덜 10
— 광목자루

어둔가리 베껴지면 주살라케 경지정리 공사판으루 나갔지유 품값으루 주넌 밀가루넌 대창말래이서 골방까지 그득허여 안 먹어두 배가 불렀슈 밀가루 자루넌 양잿물이 두어 번 푹푹 쌀무면 펴런 글짜 져지구 뽀연 광목츤이 됐구유 그걸 푸다듬어 노타이샤스 행기치마 꺼먹물 분흥물 디려다가 치마 저구리 헤 입었쥬 글짜가 들 빠진 건 사리마다 랑 고쟁이두 맹글구유 짜투리루 버선두 지어 홋두루 써 먹었지유 양재학원 졸입헌 큰언니넌 모시 삼베 등걸이 잠벵이에서 광목옷 맞춤두 늘어나 수월찮이 바뻤슈 여름이면 윗통 벗구 말잠자리 질겨 잡던 남식이놈두 그 바람이 알몸뗑이 벌거뎅이 면했어유 삼사둥네 누구누구헐 것 읎이 광목자루가 하얗게 돌어댕기넌 거였슈 새마을 운동은 그럭키 베등걸이에서 광목남방으루 입성두 배끼게 헤 주데유 쨰끔씩 살림두 불어나덩걸유 푸성가리만 우겨늫던 뱃구레 숙 멩일 때레야 맛보던 디야지게기두 더러넌 한 근 떠다가 짐칫국두 끓일 수 있었슈 그러닝께 비틀어졌던 쭉쟁이 웃음두 봄눈 녹딕기 가시기 시작허데유

정자낭구 안둥네 사람덜 11

— 곰보 나이롱

"옴머이나, 이쁘기두 허네"
읍내 장이서 장흥정 헤오던 큰언니 정자낭구 밑이서 가마 치던 아즘니덜헌테 울 쌓였어유 옥색치마 흰저구리 입은 언니 옷 맨지작거려보며 "무슨 츤이 이렇탸?" "그게 곰보 나이롱이랴" "무어루 맹길었길래 서울츠녀 허벅지마냥 야들야들 허다나?" "넘덜 말 들어 봉께 석탄이란 걸루 맹글었다구허데" "어러, 석탄이면 시꺼멓다넌디 워치기 이럭키 고은 츤이 나온댜?" "저 돌어 춘이 오메 친정 여동상이 왜 서울서 살잖남, 그 동상이 그러더랴" "얼래, 그 쌔까만디서 이런 게 나올 줄 꿈이나 알었남" "어이구, 이 드럽구 거친 순으루 만지다가 다 띡기게 생겼네" 그날은 내내 곰보 나이롱 민나이롱 얘기루 낭구 밑을 전수 맥질헸구유 "이 년은 원제나 저런 걸 입어 볼라나" 청승시런 콧타령두 가마니 오랙이마두 늫구 쳤지유 찔기구 넘 뵈기두 함함허구 저녁이 빨어 훌훌 털어 널먼 그 기튿날이면 버썩 말러 증말 도깨비장냥 같었당께유 그후버텀 단물치기 베등걸이 점점 읎어지구 그것버덤 션허지넌 안어두 푸새니 대림질이니 안헤두 되넌 나이롱 잉끼넌 급물쌀루 초가집 문턱을 넘었쥬 그 바람이 큰언니 일감이 밀려들어 워니 때넌 날밤을 새구 새벽이 부옇게 밝어 오두룩 언니의 인장표 재봉틀 재갈재갈 굴러갔슈 선하품 연신 내뿜으면서유

정자낭구 안둥네 사람덜 12

— 주막거리

둥네마두 한 둘씩 주막이 있었쥬 가마디리 두멍이넌 막걸리가 늘 철렁거렸구유 둥네 사람덜 누런 양은 주전자루 대두 한 되 소두 느 되 주막집 대문간 반질거렸구먼유 안채 뒷방 문 앞이넌 꺼먹고무신 황투루 맥질헌 허연 고무신짝들이 늘 제멋대루 골부리며 나 딩굴어 있었쥬 짜악짜악 화툿장 부딪치넌 소리 말씨름 소리 담뱃진냄새 허구 뭉개어 문풍지가 며졌슈 겨울 한 철 뭐 헐 일 읎응께 주막거리만 맨날 얼씬거렸구먼유 그러다가 운수 사나워 잘뭇 잽히면 피죽 먹으메 산 다랑가지, 묵정밭 화툿장에 훌렁 널러가게 되덩걸유 올 즐기두 허서방네 노린자 같은 댓마지기 훠어이 널러갔넌디 그 댐이넌 누가 또 내분질라나유 땅뎅이 장만 헐 적이넌 허리끈 옥 졸러 맸넌디 읎샐때넌 화투장 바람이두 심읎이 널러가데유 둔을 딴 사람은 읎구 잃은 사람만 수두룩허니 침침헌 방은 담배연기루 너구리 잡었다닝께유 읎샌 둔 찾을라구 허다 혹 한뎅이 더 부친 허서방 홧짐이 짐치부데기에 막걸리 한 주전자 단심이 디리키구 논틀길 비틀거리다가 똘창이 빠져 허우적거리넌 꼴이 으진 물에 빠진 새용쥐갈었슈 화투를 다시 쥐면 손구락을 짤러 내분지겄다넌 맹세두 어제 단 하루 오늘두 본전 찾을라나 뒤 난 암캐 모냥 싱숭생숭 주막 근체 얼씬거리넌 꼬락생이 참 가관이었당께유 아주메덜 뫼 서서 수군덕 수군덕 "으이그, 예펜네넌 똥지게 지구 신세 한탄이 고봉인디"

정자낭구 안둥네 사람덜 13
— 술 조사

술조사가 떴다넌 풍문이 돌먼 온 둥네가 삽시간에 발칵 뒤집혀 법석이었슈 띄우느라 이맛전 쩔쩔 끓넌 누룩 뒤무지에 파묻구 부글부글 괴구 있넌 술독아지 짚누리 짚토매 덮어 놓구유 잿무당 벤소깐이두 감춰뒀슈 죄 짓구넌 뭇 사넌 아줌니덜 신장대 떨딕기 떨멘서 감춘 곳만 쳐다보구 있지유 눈치 싼 그들은 찾을 것두 읎이 다보인데유 술조사가 그쪽으루 눈만 돌려두 “거긴 읎슈, 거긴 읎다닝께유” 미리 잘갑허메 바지가랭이 붙잡구 빌구 빌었쥬 헤 논 술 들키넌 날이면 벌금이 오지닝께 통사정을 안 헐 수 있남유 워떤 집은 누룩 워떤 집은 술지겜이를 들켜 세무소꾼 훑구 지나가면 천신 저승사자 댕겨 간 것 마냥 혼줄이 다 빠졌지 뭐유 지더런 막대기 하나 들구 쑤셔대면 용케두 찾어내넌 염술 무당이었슈 또 워떤 때넌 가짜 술조사두 돌어댕겨 가심을 털썩허게 했구유 가짜덜은 들킨 술을 그 자리서 흥정허여 둔으루 몇 푼 받어 갔쥬 막걸리 한 대잡을 가믐이 물대딕기 벌컥벌컥 디리키면 기진했던 글력두 요실처럼 도살어나구 새참 요기두 되구 복다램이 진진 해 일허구 씨름헤야 허닝께 술을 헤 놓넌디 그녀리 술조사 원제 올라나 늘 가심 죄던 그 시절

정자낭구 안둥네 사람덜 14

— 품앗이

시위를 댕긴 활 모냥으루 팽팽헌 배 앞세운 을례 새 언니 기주떡 말가웃 찐 광주리 이구 한서방네 싸리문 미어져라 들어스구유 숨물 뚝뚝 떨어지넌 두부 채반 인 정자 엄니, 동부기피 뽀연 인절미 두말 지게이다 진 박서방 뒤따른 마누님 오리궁뎅이 씰룩거리메 메들었쥬 한서방 한갑이라구 그전부터 품앗어 논 음석들루 허창이 만삭됐구유 "으이구, 한서방 돐백이 헌다구 한배 찬 우리 메누리 잡을 뻔 혔잖여, 절구통이다 빵구야지, 가마솥이 쭈구리구 앉어 접시 바쳐 하나씩 늘어 노야지 게명 읎으야지" 그 말 받은 을례 언니 "절굿대질 헐 때넌 금방 언내 나오넌 줄 알었슈" 북통만헌 부엌으루 방방마두 법썩이었쥬 구정물 멕여 킨 꺼먹디야지 게기 쌂어 수지루 먹으메 돌쟁이 덕분이 목구멍이 껄 베껴지게 생겼다구 인사치례두 잊지 않었어유 지름뎅이 둘러가메 깔깔꽃 적심 느은 부칭개넌 씹을 것두 읎이 꿀렁꿀렁 잘두 넘어갔슈 원제부턴가 품앗이넌 모를 심을 때나 바심을 헐 때나 밭을 맬 때나 큰 일을 치를 때나 심든 걸 서루 나누머 이웃간을 보이지 않넌 인정의 끈으루 묶어 주었쥬 내 일마냥 마무리 헤주구 아주메덜 싸리문 나오닝께 한심 늘어지게 자구 나온 스무나흘 달이 게심치레 헌 눈 비벼뜨구 살펴가라 살펴가라 허더래유

정자낭구 안둥네 사람덜 15

— 뒷독

“저게 무슨 지랄이랴” 똥지게 쓰릿쓰릿 지구 오넌 허서방댁을 보구 “용식 에미야, 그걸 왜 니가 지구 댕겨 서방은 웠다 써먹을라구” “워칙헌데유 뒷독이 철철 넘치구 쐐여 볼기짝 허구 맞닿케 생겼넌디” “서방은 지금 뭣 허넝겨 시상 물르구 골어 떨어졌것지?” “어이구, 집이나 와서 자먼 어지간 허게유 그저끼 저녁이 나가더니 연태 안들어 왔슈” 승질이 머리 끝까지 뻗친 집안 할매 말씀 “암만 놀음질 안허것다구 손꾸락 짤러두 그 기튼날이면 발꾸락틈이 찌구 헐 눔여 그눔이, 그걸 뭐러 데꾸 산다니” “그러먼 워칙헌데유 워쨰꺼나 애뷘디” 때아닌 땀방울 콧장뎅이 송글송글 아직 성애 가시지 않은 보리밭 들뜬 싹덜 허서방댁이 쪈즌 똥뎅이루 이불 덮구 오늘밤은 탐시러울 이삭 누른 방울질 유월을 꿈꾸멘서 잠들 껄유

정자낭구 안둥네 사람덜 16
— 밑씻개의 변천

검부적지 콕 백혔내뷰 뒷간이서 나오메 똥구녕으루 손이 자꾸 가넌 걸 봉께유 삼발루 세운 연재깨비이다 짚으루 엮은 이영을 둘러쳐 맹근 뒷간 구텡이넌 추려진 짚토매가 문지기마냥 늘 서 있었슈 그게 바루 밑씻개 였그든유 짚푸래기 꾸깃구깃 비벼 꾸갱이 맹글어 딱으먼 검부적지 똥구녕 새이 찌어 콕콕 찔르구 쏘구 워쩌다 먹은 게 걸선허여 설사루 자꾸 드나들다 보먼 새끼 똥구녕 벼져 피나구 헐어 엉거버리구 어정거렸쥬 짚꾸갱이 밑씻개 진 역사 뒤루 허구 세면푸대가 짚토매 자리 대신 허뎡걸유 깨진 바가지짝은 구린내 다 맡으며 뒷간 쥔 노릇했지유 자지잘게 쓴 세면종이 한 아가리 물구 앉어 느루느루 쓰라구 잔소리두 여간허지 않었던 바가지짝, 뻣뻣허긴 헤두 짚꾸갱이에 비허먼 양반이 아니냐구유 그댐이넌 흔 책, 신문지, 달력종이루 시상이 빈허멘서 밑씻개두 덩달어 빈허여 똥구녕두 호강단지에 빠지게 됐구 정자낭구 안둥네 밑씻개두 변천의 한 획을 그럭키 소리읎이 그은 거지유

정자나무 안둥네 사람덜 17

— 원족 가던 날

큰언니가 먼저 약속 걸자 헀지유 우등상 타 오먼 원족 가넌 날 새옷을 헤 주시겄다구유 새 옷 입을 요량으루 갱신히 우등상 받었어유 소핵교 삼학년 봄 언니넌 바느질 품 팔어 연분홍 무늬 인주치마 저구릿감 떠왔구유 남색 운동화랑 같이유 공부 시간이두 혼저 웃었지유 원족 가넌 날 뻬기머 나타날라구 동무덜헌티 자랑두 안헀어유 드디어 원족 가넌 날 파래짐이다가 새우 쩌서 가운디 박은 커드런 짐밥 두뎅이 싸 주셨쥬 워째 쓸지두 뭇 했는지 물류 새옷허구 운동화까징 쫘악 빼구 룰루랄라 논틀 길루 뛰어 내려가다 둘멩이에 걸려 대굴대굴 똘섶 눈빼미에 쿡 백혔슈 모 심을라구 물대서 갈어 논 물숙이서 일어나니 머리끝이서 발끝까징 쪼르르 흙으루 맥질헌 새양쥐 꼴 되버렸슈 어정어정 기죽어 대문에 들어스자 껍석거리다가 꼬락생이 볼만허다시며 줘어 백딕기 씻어주시던 오머니 어제 입었던 청색 소청 멜빵치마 광목 진소매에 거먹 고무신 신구 맥이 다 풀어져 교문을 들어스니 울긋불긋 조례시간이데유 아까 불던 신바람은 눈배미에 몽땅 빠쳐 놓구 건지지두 않은 채루유

정자낭구 안둥네 사람덜 18

— 지랑풀허구 삐비허구

질껼 가뗑이루 수북수북 난 지랑풀 숫허기두 했쥬 오머니넌 그거 먹으면 회충 생긴다구 뭇 먹게 들구 말리셨슈 사람들이 질겅질겅 밟구 지나갔거나 말었거나 겨릿소 쟁기메구 버적지루 찌를 내질르구 지나갔거나 말었거나 뽑어 먹으면 고소롬허니 맛두 좋았쥬 그걸 깨물어 물만 생키구 비낱으메 양쪽이루 난 지다런 지랑풀 머리카락 모냥으루 총총 따 내리기두 허구 그 끄뎅이 묶어놓구 지나가넌 사람덜 걸려 넘어질라나 뚝 밑이 숨어 망 보기두 했던 얼민 짓거리 재미두 났었슈

따땃헌 햇빛이 채운들 포옥 안어주던 봄날 하학길 으레껀 뚝셍이 어푸러져 삐비를 뽑었쥬 책보넌 허리에 질끈 뎅여 매구 만삭된 삐비 주먹 껏 뽑어 배를 쭉 가르면 야들야들 달착지근 허구 팔몸헌 멋이 굴푸지근헌 허기를 쩨끔은 메꿔 주었쥬 어저끼 미쳐 뭇 뽑은 눔덜은 백발머리 되어 잘 가라 손 흔들어 줬구유

정자낭구 안둥네 사람덜 19

— 산토닝

봄갈루 두 번 복용허던 산토닝 아침을 굶구 핵교이서 빈 숙이다가 그걸 먹으먼 워떤 애넌 얼굴이 뇌래지며 하늘두 땅두 다 뇌랗다구 허데유 선상님께서 종례시간 말씀허셨어유 똥 누먼 몇 마리나 나왔넌지 세 오라구유 월마나 나올라나 걱정시러워 뒷간이 가넌 것두 겁나 밭구텡이에 쪼그렸지유 선생님은 일일이 호명허시메 갯수를 적으셨쥬 똥은 읎구 회충만 한 덩어리 나왔다넌 순금이 워떤애넌 열 마리 또 촌충이 한 봇따리루 나온 애덜 똥구녕이 간지러운 애덜두 손들어 보라구 허셨지유 거기가 갠지러워 등잔불 밑이서 까뒤집구 디려다 보먼 구녕 가생이루 가물가물 잘 뵈지두 않어 꺼먹 흥겁으루 묻혀내먼 허옇게 묻어나던 그건 요충이라데유 지끔은 기절초풍헐 일들이 그냥 일상의 생활이었던 거였슈 우리들의 그 유년은

정자낭구 안둥네 사람덜 20
— 감낭구에 열린 애기

채운고개이서 내리막길 디리 달리면 갯내네 집 있었쥬 집 뒤루 커드런 감낭구 너덧 그루 있넌디 감두 많이 열려 핵교이서 오넌 길 시장끼를 때워주넌 입전부리였구유 책봇따리 허리이다 띠구 고개에 얼추 올러오면 감낭구 있넌 디루 먼저 갈라구 용을 쓰머 달렸쥬 책보 숙 쇠필통이선 몽당연필 게시고무 칼크레용부시레기 딸강딸강 떠들어댔구먼유 꺼먹 고무신 콧중백이 밀리거나 말거나, 초여름이넌 들큰 뜹드름헌 감꽃을 강아지풀이다 꾀어 목이 걸구 빼 먹으매 채운들 근넜슈 감이 밤톨만헤지기 시작허넌 여름이면 신주먼지 그득 주서 채운다리 밑 모래판이다가 묻어두구 꼭지께가 누렇게 물르넌대루 맨날 굴러먹넌 재미가 쏠쏠헀구먼유 가을이넌 철썩 떨어져 죽사발된 홍시 텃검불 요리조리 발라내구 쭉쭉 빨어먹으면 꿀멋이었쥬 애덜마두 그 밑을 그냥 지나질 않어 감나무 밑은 늘 반질반질 헀슈 땡감을 먹으면 뜳구 텁텁헌 입을 저구리 소매에 쓰윽 문지르면 감물 들어 왜잿물이다가 살머두 만날 그대중였구유

태풍 볼라벤이 훑어 숫허게 나 둥굴어 있넌 감낭구 밑 어릴 쩍 보석을 찾듯 풀숲을 짯짯이 뒤적거리메 줍던 홍시를 꺼먹치마 흰 저구리 지지배 혼저 책봇따리 허리춤에 뎅여매구 게서 있넌디 왜 오늘은 안주서 먹네유

2부

정자낭구 안둥네 사람덜 21

— 밀 끔

채운들 질 옆이루 쬐끄만 밀밭 다랭이 있었슈 밀이 누릇누릇 헐 때면 핵교 파허구 올 쩍마두 으레 밀끔을 맹글었쥬 밭 주인이 볼깨미 망 봐가머 밀이삭 두어개 얼릉 손바닥에 부실티려 후후 불면 꺼럭은 다 날러가구 밀 알갱이만 남끄든유 그걸 씹어가매 투투 겉껍데기 뱉어내면 뽀연 밀물 죄다 빠지구 말랑쫄깃헌 밀끔이 됐지유 동무들허구 들판이 앉어 필통 속 몽당크레옹 긁어 끔허구 같이 깨밀면 가게서 산 것 같은 때깔 이쁜끔이 됐어유 나넌 꼭두서니 은수넌 퍼렝이 정순이넌 샛노랑끔 끄내 뵈며 누구께 더 고은지 재기두 혔구 푸우우 풍선두 불면 허기진 들판 쉽사리 근늘 수 있었쥬 저녁 먹을라구 오머니 자개 장농 구텡이 붙일라니께 동상들이 그저끼 맹근 송진끔 제각기 색깔 뻐기메 동그런 얼굴루 모여 붙어 있었쥬 굵은 설탕 더덕더덕 묻은 달큼헌 끔은 뭇 사 먹구 밀끔 송진끔두 좋다구 깨밀며 자랐던 뽀연 기억덜, 오늘은 친정가서 꼭두서니끔 장롱벽이서 떼어 푸우푸 풍선 불매 채운들 실컷 뗨박질허구 싶네유

정자낭구 안둥네 사람덜 22
— 욕잉겨 아닝겨

정분네 할매랑 이우지 사넌 선상님 허구 쌈이 벌어졌지유 선상님이 "지집년" 이라구 헌게 불씨가 되었다데유 "지집년? 지집년이라니, 그려, 앵경딱지나 붙이구 선상질이나 헝께 눈이 뵈넌 게 읎남?" "지집년은 욕이 아녀, 한문이루 기집녀 닝께 욕이 아녀 이 지집년아" 둥네꾼덜 큰 귀경이나 난 게미 두세두세 메 들었쥬 "얼러려, 지집년이 욕이 아니랴 난 연태까장 욕인 줄 알었넌디 츰 들었내" "뭐, 학상덜 갈치넌 선상님 말씸잉께 욕이 아닝게벼" "잘잘뭇은 워디 갔던 간이 그까이꺼 그건 욕이 아니라닝께 눈 찔끔 감구 자네가 참께" 부애가 치솟은 둘이넌 천신 부르르 모가지 깃털 세운 쌈닭 같었슈 "비큐, 여북 승질나면 이러겄슈 나이칭하가 월만디 지집년이랴 혼저 사닝께 깐보넌구먼 그려" 수범 할아베의 불호령에 제우 시그러졌지먼 "증말 지집년이 욕이 아닐라나?" "아녀, 욕 일껴"그러먼 " '눔'두 욕이 아니겄네 '눔'자닝께?" 궁굼찡 풀지 뭇헌 숙제마냥 쟈우뚱거리메 동네꾼덜 뿔뿔이 헤어 졌쥬

정자낭구 안둥네 사람덜 23

— 손대리미의 추억

"불이 쌀 적이 대리야 허닝께 얼릉 들어오너" 큰언니넌 이룽이룽헌 숯불을 손대리미에 담어놓구 백이서 놀구있넌 나를 들어오라구 재축이 푸르렀쥬 푸다듬은 빨래를 질 닿게 싸 놓구 대리미의 불은 자꾸만 삭어만 가구 있었씅께유 언니넌 한 쪽 발꾸락으루 빨래 끝을 밟구 한 쪽 손은 자루가 지다런 손대리미를 잡구 밀어 올러갔다 내려왔다 헸쥬 맞은 편에 앉은 아홉살 먹은 나넌 양 손으루 빨래를 치켜들구 있쓸라닝께 팔두 아펐구 대리미가 잡구있넌 손 가차히 올러오면 손이 델 까메 마음두 어지간이 좆구먼유 푸새가 으드등 말른가 싶으면 떠다 논 물을 옥물어 푸 허구 삐먼 얼굴에 튈 때두 쌧었슈 아버지 명지바지 저구리 대릴 때넌 불똥 튈께미 조마조마 헸었구유 오머니 단숙것을 대릴 때넌 워치기 잡으야헐지 물르면서두 신기헸어유 숙치마두 아닌 것이 고쟁이두 아닌 것이 뒤가 터져서 벤소가면 거디치기두 쉽것다머 큰언니랑 칠칠칠 웃어 댔구먼유 손대리미가 스사루 읎어지구 양복대리미가 슨을 보였쥬 대리미 숙이다 숯불을 능구 뚜껑을 덮으니께 불이 안보여서 좋왔구 혼저 대리닝께 빨래를 붙잡지 않어서 지일 좋왔쥬 손대리미 질헐때넌 동무덜 우리 마당이서 목자치기 허너라구 시끌버끌헤두 나가 놀두 뭇허구 맴은 백이루 다 나가있었 넌디

정자낭구 안둥네 사람덜 24

— 머리카락 장사

"아이구, 성님, 순님이가 읎어졌슈" 껑뚱 짤른 머리를 시수 수건으루 싸맨 순님 오메가 질금질금 눈물을 짜메 들어왔쥬 아침두 굶구 핵교이 가며 "셤 봐서 핵격허먼 뭐 헌댜 가두 뭇 헐 중핵교, 있넌 푸악 읎넌 푸악 다 허구 갔구먼유 새끼 하나 있넌 거 가심이다 대뭇 박나 싶어 등록금이다 보태볼까 허구 장이 나가 머리를 깍어 팔구 왔넌디." 옆이 있던 동냄이 오메 "아까 아까 머리카락 장사가 왔을때 누구하나 가발공장 느 준다구 도처지 주막이서 만나기루 했다더니 옴매나, 그 아주매 따러갔나베" "멕이두 뭇했넌디, 뎌저라 고상만 시켰넌디, 어린 것이 객지 나가서 워치기 산댜, 둔이 웬수여" 신세타령 눈물타령 땅거미 지구야 맥읎이 집으루 간 순님 오메 날마두 채운들만 건너다보메 긴 한숨에 반 실성을 혰구먼유 하루가 일 년 같은 시절이 지나구 기듬해 팔월 멩일이 돌어왔쥬 "아니, 쟤가 순님이 아녀?" 삐죽구두 원피스 찰랑찰랑 서울 물 먹은 순님이가 게기랑 즈이 오머니 옷두 사서 무거운 봇따리 들구 정자낭구 안으루 들어오넌 거였슈 질겁헌 즈이 오머니 맨발루 뗘 나와 딸을 부둥켜 안어봤다 더듬어봤다 얼굴을 비벼두 봤다 허데유 둥네 꾼덜 예서 제서 즈이 딸이나 온 것마냥 반기메 "순님 오메아 인전 그만 울어, 느이 딸 촌 때 훌렁 베껴졌다야, 이뿐 새약씨 꼴 다 배겼다야" 빙기레 웃넌 순님이 "오머니, 저유, 공장 댕기며 야간핵교두 댕겨유, 걱정마셔유"

정자낭구 안둥네 사람덜 25
— 찌든 가뭄

가뭄허먼 을사년 을사년허먼 일천구백육십오 년 진저리나넌 가뭄이 생각나유 마른 우물 숙 교대루 들어가 괴넌 대루 한 종구락 씩 두레박이루 퍼 올려 조석을 끓였쥬 정수백이 위 뜨겁게 올라앉은 해를 보며 저럭키 불뎅이 같으니 비오긴 글렀구먼 짚은 한심에 가제두 비틀어진 눈배미 쩍쩍 갈러지넌 소리 못짜리판두 벌겋게 타들어갔쥬 요맘 때먼 예서 제서 물꼬 쌈으루 채운들 들먹들먹 헐 텐디 곰방대 담뱃재만 연신 털어냈쥬 그러던 워니날 마른 하늘 조개구름 꾀끔씩 찌더니 옴머이나 그 기튿날 생각두 안헌 비가 오기 시작허넌규 새 새닥 할멈누구 헐 것 읎이 남포불 논뚝이 다써놓구 머리끄뎅이 쥐어 뜯딕기 뻽히지 않넌 모를 쪘어유 밤낮두 읎었슈 늦은 가리 물이 드닝께 워디 백혔다 나왔넌지 금저리두 내 세상이라구 나비춤을 추머 오금뎅이 발구락 새이 찌어 묵은 허기를 채웠지유 실컷 빨어먹구 나딩굴 때까정유 또 숙것 내릴 새가 워디 있나유 물구뎅이에 앉어 오줌두 그냥 눈 걸유 그렁께 수숫됫박 엎질른 것마냥 궁둥짝 전판에 물옴꽃 피였구유 누구헌테 뵈 주지두 뭇허구 약두 읎어 제 진으루 나슬 때까정 엉거버리구 어기적거려야했던 그 해우년

정자낭구 안둥네 사람덜 26
— 모 심넌 날

강아지두 덩달어 한질 더 뛰넌 날 둥네꾼덜 전수 품앗어 못짜리판 빡빡했구유 뽑은 모 저 날르넌 모쟁이두 바빴쥬 전날 맹근 못줄 띠구 심넌 솜씨덜이 기계처럼 잘 돌어갔슈 꿈지럭거리메 꽂다가넌 못줄루 팅겨 얼굴은 흥텅물 베락 맞었구유 부엌 무쇠솥이선 밥물 부글부글 넘쳐 나구 애끼구 애낀 씨암탉 잡어 국 끓이구 짐 굽구 실치 찌구 수합젓허머 시루이다 질른 콩나물이랑 있넌 거 읎넌 거 다 차리넌 날이그든유 아주머니덜 너덧이 광주리 이구 들구 들밥을 내가면 고시레버텀 허구넌 이루저루 둘러앉어 모밥을 먹었쥬 집안이서두 아래윗말 헐 것 읎이 와서 방으루 안두란으루 부엌 나뭇간으루 부뚜막으루 왁자왁자 즘신 먹기 미섭게 새참 장만허넌 쥔아지메 가리쟁이 불나구 진진 해 꿉쳤다 폈다 허리가 부둥난 일꾼덜 막걸리만 디리켜 못줄은 있으나마나 삐뚤빼뚤 그레두 좋은 날 한 해 능사 시작이니 누구네 집이건 풍년을 빌구 빌었지유 간 밤 오라두룩 둠벙물을 푼 두레박 한가로이 졸구 취헌 짐이 서루 잘헌다구 목통 터지넌 엉터리 노랫가락 들으메 실컨 웃다 붉어진 저녁노을

정자낭구 안둥네 사람덜 27

— 하루거리

여름만 되면 돌량처럼 쓸구 댕기넌 하루거리였슈 불뎅이를 끌어 안은 듯 몸이 펄펄 끓다가 어금니 딱딱 부딪치넌 오한으루 이불 뒤집어쓰던 빙이였어유 하루넌 끙끙알쿠 하루넌 번헤서 하루거리라구 헸내뷰 아버지넌 작은언니 데리구 뒷동산 모이뻘루 가곤 허셨지유 양지쪽 듬성듬성 난 쪽두리꽃잎 손바닥이다 땡그락케 비벼 콧구멍이다 박데유 워치기나 독헌지 그냥 있을 수 읎내뷰 코를 꼭 쥐구 모이를 에어 루 멧 바퀴 도닝께 재치기가 팽 허구 나오덩 걸유 우덜두 언니 뒤를 졸졸 따러댕겼쥬 아픈 언니 숙두 물르구유 워떤 때넌 깅게랍을 사오시기두 헸쥬 그 약은 으치기나 쓴지 자갈을 메기구 억지루 넹기던 약이였구먼유 여름만 되면 뇌런 씀바귀꽃 같은 작은언니를 도랭이 쓴 빙아리모냥 시리죽게 맹근 눔이 바루 말라리아라는 거였슈

정자낭구 안둥네 사람덜 28
— 지사祭祀밥

칠월 스므하루넌 큰댁 할아버지 지사 날이구먼유 보리쌀두 바닥이 나 가넌 여름의 끄틈백이 보리꽁뎅이루 채운 허구레가 쿨렁쿨렁 헤지던 때였쥬 동생허구 둘이넌 그 지사를 굿 간 오메 지다리듯 손꼽넌 거였슈 열두 시나 돼서야 지내넌 지사, 방문짝에 발라 논 모기장 새루 떠 있넌 달뎅이가 허연 쌀밥뎅이루 뵈기두 헀쥬 두어시 경이 넘어서야 작은오머니넌 지사밥을 이구 오셨어유 광주리 속에 허연 쌀밥 미역국 가지나물 부칭개 요강사탕 마파람이 그이눈 감추듯 헤치웠어두 배부르지 않었쥬 기지사날 까징두 이웃간이 밥 한사발 나누넌 정으루 사넌 정자낭구 안둥네 사람덜 였구먼유 왼만헌 둥네 지사넌 줄줄이 꾀구 있었던 아줌니덜였능걸유 스무하루 달이 허영청 밝혀주넌 질 따라 땀냄새 밴 삼베적삼 빈 바구리루 잰걸음 주살랍던 작은 오머니

정자낭구 안둥네 사람덜 29
— 아시뎅이 매다

질푸른 이불호청 시쳐 널은 듯헌 채운들 예서 제서 아시뎅이 매넌 일꾼덜 손길두 사작빨렀슈 새끼친 벳포기 틈새 지슴을 그러묻넌 모냥이 으진 먹이 줍넌 황새 같었당께유 '어허야, 네뎅이 내뎅이' 쓰레질허다 남은 흙뎅이 풀어준다넌 소릿가락두 그 소리 숭내던 매미의 찢어지던 목청두 단물난 베등걸이 등짝을 빨어 논 듯 후줄근헌 땀냄새두 덩달어 질푸르던 칠월 이었구먼유 논두렁에 서서 굽은 허리 피메 벌텅대잡이루 디리키넌 막걸리 "뭐니뭐니헤두 짐치가 지일여" 매다 만 흙손으루 짐치 한 점 집어늫넌 셉이네 아저씨 부숭헌 얼굴 흙뎅이깨 한 됫박두 푸르렀구유 쉬넌 둥 마넌 둥 눈배미루 들어스넌 일꾼덜 이룽이룽 타넌 땡볕두 가넌 질 멀다구 짚세기 한 켤레 더 게침이 찌넌 진진 해 네뎅이 내뎅이루 심든 하루 심 대머 칠월을 매던 우리의 아버지덜이었구먼유

정자낭구 안둥네 사람덜 30

— 숭기 먹구 숭 서방네 가서 일르지 말어라

살강 밑 지서리이다가 우려 논 산너물 꾹 짜서 깡된장에 쌈싸 즘신 먹구 둥네 아지매덜 시수수건 뒤집어쓰구 너물 뜯으러 갔지유 띠깔 개양취 잔대순 꿩의다리 등생이 넘구 넘으며 억척시레 뜯었능걸유 "옴머이나 순식 오메 손 되게 거네" "으이구 동길 엄니넌 더 걸구먼 그런대유" 서루의 구럭을 눌러보메 한마디씩 혔지유 아까 먹은 된장 쌈이 짯능게뷰 미출허게 뻗어 물오른 새순 뚝뚝 꺽어 겉껍질 베껴내구 푸리끼리 허연 숙살 들척지근헌 숭기를 아이스께끼 빨듯이 긂어 먹었슈 가시지 않넌 갈증에 한 개 더, 아주 워쩌다 둥네에 '아이스께끼 얼음과자' 소리질르며 시퍼런통 들어오면 때꾹 꾀죄죄 침 흘리며 졸졸 쫓아댕기던 새끼덜 눈이 밸펴 장이 갔다가 암만 더워두 물만 한 대잡 읃어 마시구 돌어왔던 얼음과자였씅께유 그 생각을 허며 션헌 멋은 아녀두 큰눔 꺼 작은딸냄이 꺼 시할매 꺼까징 주섬주섬 숭기를 꺽어 느으며 "숭기 먹구 숭서방네 가서 일르지 말어라" 깔깔거렸쥬 저무넌 햇살이 구럭 구멍 틈셍이에 찌어 다 들었을뀨

정자낭구 안둥네 사람덜 31
— 가마니

삼백살두 넹기 잡숴뵈넌 정자낭구넌 마을 으른으루 지끔두 의젓허게 둥네를 지키구 있그든유 그늘이 짚구 션허여 한여름이넌 둥네 사람덜 가마니 치구 샌내끼두 꼬구 쪼무래기덜 공기 집기 흙장냥에 매미 까치떼 북적거렸쥬 아침 밥솥이다 달챙이 숟가락이루 긁은 감자 안치구 밥 끓으먼 강낭콩 밀가루 개어 호박잎 깔구 밀개떡 쪄서 정자낭구 밑이루 뫼들었슈 가마니 틀이다가 지네발 걸구 가는 샌내끼 주욱 얽어 바디를 건 뒤 바늘대이다 짚풀 끼워 물어오구 물어가며 바디질 허면 미끈덕헌 가마니 한 장 금새 처내던 숨씨넌 참 일품였거든유 하루 왼젱일 불락케 치면 삼사십장은 너끈이 처냈슈 보리 꽁뎅이 더덕더덕 묻은 보리감자허구 호박잎개떡 여피 놓구 주군주군 끼니루 때웠구먼유 그럭키 억척 떨은 가마니 장날이면 지게이다 지구 고개 부러져라 이구 아난박키 두행부 시행부 십여리 걸어가 판둔 장롱 저품 짚이 쪄 놨다가 다랑가지 스 되지기 느되반 지기 매련허여 조상헌티 물려받은 찌든 가난 쬐끔씩 벗어났쥬 바디질루 한 올 한 올 째여 가딕기 그 오래기 새루 꿈두 자분자분 자라 다랭이 하나 또 장만헐 니열이 있었슈 고딘 하루가 저물구 먼지 탑새기루 콧숙이 늘 텁텁했어두 꿈의 뒷꿈치를 놓치 않구 끈질기게 살어온 정자낭구 안둥네 사람덜이었구먼유

정자낭구 안둥네 사람덜 32
— 꺼먹 고무신 한 짝

은수는 젤루 친헌 이우지 친구였구 십리질 오가넌 질동무였슈 그날두 둘이넌 집이 오넌 질에 채운다리를 근느야 했지유 다리 지둥은 다 썩구 술가지 쳐다가 척척 걸쳐 흙을 덮어 논 다리넌 비만 왔다 허먼 움푹움푹 팽겨나가 워떤 디넌 구멍이 크게 뚫려 다리 밑 싯퍼런 물이 훤히 보여 현기징두났쥬 그날두 비가 숱허게 내린 뒷날여서 짤름거리넌 물살에 어지러워 살살 건느넌디 아피 가던 은수가 '아이구머니' 허며 자지러지데유 술가지 끌이 걸려 빠진 고무신 한 짝 쪽배처럼 떠내려가구 있었슈 "아이구 내 신발, 우리 오머니 뒷담배 장사헤서 사 준 새 신발인디 살어서 무엇헌댜 나 같은 건 죽으야 허여" 다리 밑 잔뜩 우거진 왁새 제치며 물 숙으루 기어드넌 거여유 치마 말기 붙잡구 못 들어가게 말리구 들어갈라구 몸부림치구 한바탕 실갱이했지유 갱신이 끌어올려 노닝께 남은 신발 한 짝 벗어 땅을 치며 또 울대유 소핵교 사학년인디 무얼 안다구, 그도 그럴 것이 먼 질 가서 잎담배 받어다가 밤새 쓸어 그기튿날 새벽이먼 등짐 메구 발품 팔어 고대장 석문장 천의장 면천장 장마두 댕기며 담배장사 허구 부르트구 퉁퉁 부은 발 밤새 끙끙 앓으시넌 오머니 워치기 보느냐구 다리 밑이 펄썩 주저앉었쥬 아까 버텀 다 지켜 본 서녘 하늘두 같이 울었구먼유 셋이넌 그럭키 벌겋게 부은 얼굴을 그저 바라만보구 있었슈

정자낭구 안둥네 사람덜 33
— 굿 닭

핵교이서 오먼 깨구락지 잡넌게 진저리나게 싫었슈 깡통이다가 철사끈 달구 지더런 막대기 끝이다가 큰 못 하나 박어 들구 윗집 승길이랑 정숙이랑 들판을 헤맸쥬 펄쩍뛰어 도망가넌 등짝이 시퍼런 녀석 갈색 점이 겁나게 두드러진 눔 저마다의 때깔루 제 몸을 감추려넌 녀석덜을 사정읎이 쳐댔지유 해가 설핏허길 눈 빠지게 지다렸다가 집이 와 저녁밥 먹을라먼 밥상머리가 전수 개구리루 뵈여 굶은 날두 허다했구유 배합사료가 읎던 시절이라 그걸 쌂어 보릿저 쌀저 테끼풀 비벼 구수에 부어주먼 우루루 몰려나와 허발대신 싸워쌓던 굿 닭, 닭장이 들어가먼 벳짚으루 맹근 중우리 멧 개 매달려 그 숙이다 알 낳느라 한나절 넹기 꼬꾸댁 시끌벅적했구유 바가지 그득 알을 끄내넌 재미넌 또 월마나 좋은디유 식구덜은 깨진 알, 도랭이 쓰구조넌 션찮은 닭이나 먹넌 줄 알었구먼유 한 장파수 뫼 놨다가 벳짚을 곱게 추려 열 개를 한 꾸레미루 싸먼 짚풀이 지름 발른 것마냥 맨지름 허여 참말루 뵈기두 좋았당께유 장날 지게이다 지구 가먼 알이 좋다구 으레 한금을 더 받었데유 허지먼 그 숙이넌 사춘기 소녀의 죽기버덤 싫은 깨구락지사냥이 있었다넌 걸 알기나 헐라넌지 물르것슈

정자낭구 안둥네 사람덜 34
— 뭍게기 잡던 날

큰물 가구 나면 콸콸 넘치던 덕정구지 또랑물 잦어지구 햇빛 맑은 날 숭사리 쌀붕아 미꾸락지 올러왔쥬 똘강 양옆이루 흙을 쌓아 비스듬히 광주리 대 놓구 그 위에 수초를 살짝 덮으면 요것덜이 쪼르륵쪼르륵 먼저 가겄다구 곤두박질치며 쌈박질허며 다투어 올러오구유 광주리가 그득 차 들어올리면 파닥파닥 은빛으루 튀어오르넌 게기덜 참말루 신명났구먼유 그때넌 게기가 워째 그럭키 흔했넌지 잡어두 잡어두 화수분이었다닝께유 저녁이넌 통발을 쳐 놨다가 이튿 날 일찌감치 들어올리면 파닥파닥 살어있음이 그냥 넘쳐났지유 그 재미에 홀랑 빠져 삭은 밀짚모자 푹 눌러 쓰구 멧날 멧칠 땡볕이 앉어 게기를 잡었슈

비가 구짐구짐 내리넌 오늘 지둥나무 녹슨 못꼬쟁이에 걸린 흔 밀짚모자를 보닝께 그때 그 모자 숙 맑은 햇살과 파닥거리던 게기덜 덕정구지 똘강이다 다시 풀어주구 싶네유 지금두 어제인 듯 뭍게기떼 튀어오르던 그 여름날

정자낭구 안둥네 사람덜 35

— 단술

실겅이다 얹어 논 보리꽁뎅이 쩨끔 맛이 간다 싶으면 단술을 안쳤쥬 엿지름 걸러 누룩허구 사까랭을 찬밥뎅이다 버무리지유 뜨뜻헌 부뚜막 뒤 바가지짝 엎어 놔두면 텀벙 가라앉그든유 밥허구 난 구락쟁이 불 그러메어 양재기이다 바글바글 끓이면 시큼달큼헌 단술이 되넌구먼유 미낀덩거리넌 쉰 밥뎅이가 맛이 더 좋다데유 손님이 왔는디 대잡헐 게 읎으면 옆집이서 읃어 오기두 했구유 한여름이넌 그게 큰 별미라구 쪼무레기덜 숟가락 갖구 뎀벼들어 대가리 터졌쥬 단술두 술이라구 취헤서 예가 제가 골어 떨어지기두 했슈 츰으루 먹어 본 뒷집 새댁 근드렁근드렁 나뭇간이 퍼졌다구 입 싼 시오메 소문내 숭보기두 했던 단술 지끔두 부뚜막이 걸터 앉어 바가지 짝 구멍나게 독독 긁던 그 맛이 떠올라 침이 한 입 뽀각허게 괴넌구먼유

정자낭구 안둥네 사람덜 36
— 개똥참이

텃밭 갓뎅이루 개똥참이 한부릇 시열비열 자랐쥬 밭 매머 돌려 놓구 똥거름 한바가지 얹구 붓을 주닝께 참이가 열리기 시작혔슈 작년 여름이 먹었던 참이 씨가 돌참이루 열린 거여유 맨 츰 본 큰 엉아가 질 존 눔으루 그댐이 차례루 맡어 놓구 맨날 디려다 보넌 거였슈 제꺼가 읎어 징징거리넌 막뎅이를 보며 오머니넌 “그건 똥 숙이서 나온 거라 구린내 나서 못 먹어” 달랬쥬 눈 비벼 뜨먼 달음박질 나가 만지작거리다 다 닳게 생긴 껄북생이 참이였슈 질기두 헌 장마루 질크덕거려 디려다 보지 못헌 지두 한 보름 넹기 됐나뷰 장마 개구 비바람에 부대껴 잎새기 다 뜨구 벌러지 먹구 골어 떨어진 참이 숙 왕개미 떼젭이루메 들어 이게 워쩐 홍제냐구 난장 섰데유 디려다 보구 있던 엉아덜 멍 허니 역심 떨어졌구 그걸 본 막뎅이 고소롬허다구 뒷전이서 빙기레 빙길거리구 있었쥬

정자낭구 안둥네 사람덜 37

— 깨구리 참이

"어제넌 아이스께끼 사달라구 졸러싸서 보리쌀 두 됫박 읎샜넌디 오늘 또 참이 타령이여 보리쌀 떨어지먼 너 밥 굶구 살터?" 정자낭구 밑이서 가마니를 치던 오머니의 지청구 소리두 뒷전이구 등짱에 매달려 졸러대넌 셉이였슈 당최 가지두 않넌 참이장사 바지게 안이넌 보기만헤두 침이 꼴깍꼴깍 넘어가넌 시퍼렇게 골진 깨구리참이가 푸짐했구유 "셉이야, 느이 오메 고만 졸러라 이, 어제넌 아이스께끼 읃어 먹었응께 오늘은 내가 살텨, 까직껴 가마니 멧장 더 치먼 되닝께" 동순오메 회푸대 종이다 싼 꼬깃꼬깃헌 둔 겟침이서 끄냈슈 셉이 목전 다 떨어지것다며 똘창이서 썩썩 찢어 낭구 등걸이다가 쭉 뻬개니 퍼런 껍데기 숙 주황빛깔 숙살이 훤허게 드러났지유 암치기나 윽시러진 참이뎅이 껍데기 베낄 게 있나 너 한 쪽 나 한 뎅이 비밀어 먹으며 서루서루 바러본 얼굴은 땀떼기루 으시졌쥬 이맛전이며 콧장뎅이 눌어붙은 짚 탑새기루 코티분 발러 미인됐다구 배꼽 잡던 사람덜, 정자낭구 이 가쟁이 저 가쟁이 날러 댕기며 놀던 참새덜 덩달어 배꼽 떨어졌다구 수선떨며 찾던 날이었구먼유

정자낭구 안둥네 사람덜 38

— 나무말림 벹

암만 지른 장마라구 헤두 멫일중 하루넌 햇빛 쨍 허던 날있었슈 그걸 나무말림 벹이라구 혔구유 그날은 누진 보릿짚 마당 터지게 널어 말려 나뭇광이다 꾹꾹 눌러 쟁이구 묵은 빨래 양잿물 풀어 가마솥이 푹푹 삶어 바지랑대 후여지게 널어노면 집집마두 박꽃 핀 것 같었당께유 발바닥 불났던 하루가 저뭔 저녁이면 마당구텡에 회덕이 걸리군 혔지유 젖은 장작 지펴 눈물 콧물 범벅혀여 삭수제비 뜨구 감자 제며 한솥 푸지게 끓이쥬 옆집 붙들이 언니네서넌 낮에 부쳐먹은 호박부칭개 한 바구리 윗집 정숙이네넌 듬성듬성 이빨 빠진 옥수깽이 구럭채 들구 오면 밀대방석 서넛두 무잘렀슈 장마때미 멧칠을 뭇 멧승께 얘긴들 오죽 많것슈 "야, 수냄이네 혼사 날 증헌 거 아님?" "물러, 원제랴" "구월이라내벼" "수냄 오메 아들 장가 뭇 보낼깨미 언간히 걱정두 많더니 원 풀었구먼" "서울 새약씨라구 허던디" "에이! 서울이서 워째 예까장 시집 온댜" "부모가 읎나벼, 즈이 고무 손이서 컸다더먼" 한참을 맴 짠헤 허다가 다시 애기꽃은 마르지 않구 은하수 강뚝을 넹겼쥬 모깃불두 한풀 꺾여 쑤끔허구 가다가다 다리 아픈 예렛세 달 정자낭구 가지 끝이 걸터앉어 졸구 있넌 짚은 밤였구먼유

정자낭구 안둥네 사람덜 39
— 6·25 사변

6·25 사변이 터지던 해우년 내 나이 여섯 살였구먼유 어슴푸레헌 기억 숙인디 나버덤 열 살 위인 작은언니넌 거미 똥구녕이서 거미줄 풀어내딕기 어제 일처럼 술술 잘두 풀어냈지유 사람 목심 파리 잡듯 허넌 빨건 완장 팔뚝이 두른 눔덜허구 그 끈나풀 등쌀에 섬으루 섬으루 피난을 떠나넌 사람덜이 늘어났구먼유 피죽을 먹으메 장만헌 소 디야지 놋그릇 쓸만헌 것덜 죄다 가져다 우리 옆집 조선관이라넌 기생집 독차지허여 맨날 잔치상 벌렸당께유 그것 만이면 언간허게유 어깨를 으쓱거리메 시상이 다 제 것 마냥 설처대넌 꼬락생이넌 진짜 빨건 완장 두른 눔덜버덤 그 끈나풀이 더 지랄맞었대유 누구던지 꼬투리만 잽혔다 허면 고발허구 잡어다가 유치장이 집어늫구 직이구 당진 읍내 내깔 모랫펄이넌 늘 핏물이 흥건했다는구먼유 우리 식구덜두 소난지도루 피난 가기루 혔쥬 해산달인 막내 작은오머니허구 뒷바라지헐 우리 오머니만 빼구유 미숫가루를 무진 맹글구 옷가지머 겨릿소까지 타구 갈 배두 몰래 준비혔대유 숙두 물르넌 나넌 나드리나 떠나넌 개미 설치머 좋아허다가 꿀밤두 쥐어 백히구유

정자낭구 안둥네 사람덜 40
— 공 마리오 신부님을 아시나유

코가 높구 파란 눈의 자상시럽기두 허시던 공 신부님은 불란서 신부님이셨슈 6·25 사변 통에 너나읎이 줄줄이 피난 가던 때 밤으루 몰래 신부님을 뫼셔왔쥬 아버지넌 대창말래 말래짱을 뚫구 그 밑이다가 몇 가마 디리 항아리를 묻었슈 그 항아리 안이다 신부님을 뫼시구 채반을 올려놓구 말래짱을 도루 덮어놨구먼유 그 안이 얼마나 더웠을튜 더러넌 말래짱 위루 고개만 내밀구 잠시 바람을 쐐셨구먼유 아버지 모시 중이적삼 입으시구 둥네 꾼덜 잠든 깊은 밤이먼 항아리 밖으루 나와 안두란을 걸으며 지지개도 크게 쓰셨쥬 그렇게 한 이십여일 지났을껴 말래짱 위루 얼굴을 내밀구 있을 때 마실 온 둥네 아지매헌티 들키구 말었슈 툭 허먼 반동이라구 잡어가 총살허넌 시국이라 다른 곳으루 피신헤야만 헀슈 밤으루 도망치다시피 떠나시넌 신부님을 큰언니랑 작은언니랑 울메불메 콩밭 숙이서 배웅헀넌디유 그곳으루 가시기 미섭게 누구의 밀고루 잽히셨구 붙잽히신지 대엿새 되자 수복이 됐대유 대전 형무소루 이송됐다가 풀려나온 아저씨 그러넌디 빨갱이덜이 쬐껴가멘서 몇 질이 넘넌 짚은 우물에 산 사람덜 채국채국 생매장허넌 걸 봤다네유 이국만리에서 생을 마친 우리덜의 목자이신 공신부님

3부

정자낭구 안둥네 사람덜 41
— 두 가지 약속

"언니, 가지 말어"
곱게 자란 스므살 큰언니 인천으루 시집가던 날 오섬이서 똑대기에 오르넌 언니 가지말라구 매달리며 울었쥬 이댐이 올 쩍이넌 그림책허구 고급 과자 꼭 사올텡께 울지말라구 형부가 약속을 걸자했어유 그림책이랑 고급과자 사 올 언니와 형부를 눈빠지게 기다리던 중 6·25 사변이 일어났슈 당진으로 갈 배 한척 읃어 얼른 데릴러 오겠다넌 형부의 약속이 사오 개월 신접살이 신혼부부의 마지막일 줄 누가 알었대유 대문 앞을 나오자마자 이내 붙잡혀 간 형부넌 끝내 돌어오질 뭇혔슈 얼른 데릴러 오겠다넌 말이 귀에 젖어 금방 대문간 들어슬 것 같은 십이 년을 기다렸던 언니였구먼유 과자랑 그림책을 사오마구 손구락 걸었던 두 가지 약속이 아직두 풀지뭇헌 숙제처럼 삼팔선 녹 실은 철조망에 걸려 오두 가두 뭇헌 채 바래어 가구 있을 테지유

정자낭구 안둥네 사람덜 42
— 구이팔 수복

빨갱이덜 등쌀에 피난 갈라구 봇텡이 봇텡이 싸놓구 배를 지다리구 있었쥬 아침이 일어나닝께 아군이 들어온다넌 소문 순식간이 번져 태극기를 든 읍내 사람덜 밀려나와 질껄이 꽉 찾지유 태국기를 그린 적은 있어두 태국기 물결을 츰 본다넌 작은언니 따라 거리루 나갔슈 아군이 워치기 생겼길래 이럭키 좋아들 허나 궁굼두헸어유 기세등등허던 빨갱이덜 통발에 미끼리 빠지딕기 도망가구 맨날 빨건완장 들굻던 조선관두 쑥밭됐구유 그때버텀 빨갱이 앞잽이덜 붙잡어 디리넌디 증찰수가 넘처났데유 그 죄수덜 밥 헤 나르던 뒷집 언니네 가먼 소금물 발러 주먹뎅이마냥 땡기랗게 뭉친 보리밥뎅이 이구지구 증찰수루 갔쥬 건그름헌 밥뎅이 하나 읃어 먹으매 졸졸 따러가 기경두 헸구유 밥뎅이 하나씩 풀풀 집어 던지면 배넌 �었넌지 그런 난리가 워딨대유 꺼먹 치마 흰 저구리 머리를 치렁치렁 딴 말만쓱헌 여성동맹 츠녀덜 읍성두 꼭 교복 입은 거 같었슈 그네덜을 취조허넌 순사가 '시집이나 가지 왜 이러구 돌어댕겼느냐' 물으먼 순사 얼굴이다 침을 뱉넌 빨겅물에 찌들은 앞잽이덜이 참 많키두 헸다데유 증찰수가 넘쳐 다른 창고루 엥겨갈 때넌 동아줄루 씨래기 엮딕기 줄줄이 엮여갔구먼유 기경 나온 사람덜 '서런 걸 낳구 멱국은 먹었을껴' 즈이 에미 애비 욕 먹이넌 행렬은 질기두 헸구유 개중이넌 기경꾼덜 쳐다보메 뭘 보느냐구 싯벌건눈 부라리던 섬뜩헌 눈이 아직두 선 허구먼유 따다다다 밤새 우넌 따발총 소리 전향허지 않구 버팅기넌 빨치

산 앞잽이덜에게 쏴 대던 총소리였슈 이불 두세 개를 뒤집어써두 쟁쟁허게 들려오던 그 소리 지끔두 슨연허게 들리는구먼유 시대를 잘못 만난 탓으루 스러져간 그네덜이지먼 지끔 시대에 태어났더라먼 자사시런 우리네 오머니 아버지루 기억 숙에 잠들었겄쥬

정자낭구 안둥네 사람덜 43
— 난장

구이팔 수복 이후루 슨 난장은 억눌림이서 벗어난 자유 그 자체였능걸유 시굴 사람 읍내 사람 각처이서 뫼든 장은 말 그대루 난장이었슈 읎넌 것두 읎구 놀음이란 놀음두 많키두 했쥬 그중이서두 재미났던건 방개놀음허구 오곱놀음였구먼유 방개놀음은 함석다라이 칸을 몇 개 막구 방마두 번호를 붙혀놨슈 가운디루 둥그런 구녕을 맹글어 방개를 그 숙이 느면 번호가 붙은 칸맥이루 들어가지유 5번 방이면 왕사탕이 다섯 개 1번 방으루 들어가면 왕사탕 한 개 그러다가 출출허면 아버지허구 열무 국수말이 한 대잡 사 먹구 왕사탕 우물우물허며 귀경거리두 많어 왼 장판을 돌어댕겼슈 저기넌 또 오곱놀음 "자, 오곱이요 오곱 둔 놓구 둔 먹구 내가 허면 넘이 헐까 우물쭈물허지 말구 빨리빨리 헤보세유우" 한패 숙인 따리꾼이 먼저 헤서 둔을 따넌 걸 보면 금방 딸거 같어 군침을 생키며 뎀벼들어 게침의 쌈짓둔 죄다 잃터먼유 소 판 둔 몽땅 잃어두 뺄갱이헌테 뺏기넌 거버덤 행결 낫다머 막걸리 거나헌 아저씨덜 갈지자 걸음 숙이넌 다시 찾은 자유가 걸음걸음 묻어 났능걸유

정자낭구 안둥네 사람덜 44

— 월식

“니얼이 바루 그날 아니랴? 그러면 인전 다덜 죽겄네” “옴매나, 그러니 앤 시집두 뭇 가보구 죽으면 워칙헌댜” “워디 개 뿐인감, 한 시상 살어보지두 뭇헌 어린 것덜 불쌍헤서 워쩐댜” “우린 갱신히 송아치 한 마리 장만헀넌디 잡어나 먹을 껄” 천지개벽 천지개벽 월마 전버텀 분분허게 널러댕기던 입소문이 니얼루 닦쳤구먼유 하늘을 보머 터져나오넌 신세한탄이 두러누운 밀대방석 골골을 채우구 넘쳤쥬 “이러먼 끝나넌 걸 지지리두 고상헀네 시오머니 생신 때 먹을라구 애껴둔 찹쌀루 떡이나 헤서 걸걸거리넌 새끼덜 실컷 멕이기나 헐껄” 걱정 반 두려움 반 한시러움 반 그 기튿날 저녁이넌 아무두 마당이 나온 사람이 읎었슈 초조허게 흘러가넌 밤은 더디기만 헀쥬 개벽을 워치기 허나 지달리다 잠이 깬 아침 시상은 변헌 게 읎이 해가 뜨구 쓰르라미 울구유 그날 저녁 다시 메든 마당 “야, 장문이 가서 들응깨 엊저녁이 월식이라넌 걸 헀댜” “이? 그게 뭐랴” “이이, 그게 가이가 달을 파먹넌 거라데” “가이가 워치기 달을 파 먹는댜?” “나두 물러” “우리 씨송아치 잡어 먹었더라면 워칙헐 뻔 헀댜” “그레기나 말여, 야, 너 인저넌 실랑감 구허여 얼릉 시집가게” 아지매덜 깔깔거리넌 웃음소리에 간밤 가이헌테 호디게 띧긴 달님두 덩달어 시리죽은 웃음 웃구 있었쥬

정자낭구 안둥네 사람덜 45

— 칠월 칠석

일곱 번 째루 두레꾼덜 몰려 온 디넌 충희네 앞마당이었구먼유 아이 으른 헐 것 읎이 땀꾹 꾀재재헌 북새통이었당께유 무쇠솥이선 늙은 호박지짐이가 버글버글 끓구 있었쥬 새우젓이다 고춧가루 듬성듬성 읎은 지짐이 멸치만 쩨끔 찌끼티려두 바가지 투거리 양푼이 전수 나와 솥단지 바닥나더락 긁었넌 걸유 먹을꺼리 벤벤찮던 그 시절 두레꾼이 들어스넌 집마두 전수 호박 지짐이였어두 달기만 했으니께유 췻기루 절은 정순 아베 꽹매기 거꾸로 치는가 허먼 수줍기루 소문난 순데기 삼춘두 옆집 아주매 행주치마 베껴 띠구 두레 한가운디서 더덩실 신명났쥬 배깥 마당 쑥대 지핀 모깃불 모락모락 일구 할머니랑 손주덜 얘기꽃두 한소큼 익었쥬 짚신 할아베 허구 각시별이 은하수를 찌구 건느지 뭇허넌 안시러움에 까치가 돌을 여다가 다리를 놔주느라구 대가리가 벗어졌다넌 얘기 그 숙에 푹 빠진 째끄맹이덜 눈동자 별버덤 더 빛났쥬 이럭키 할머니의 할머니한테 들은 얘기넌 이 댐이 꼬맹이의 손자덜에게 들려줄라나유 모깃불 하얗게 사그러질 때 왼젱일 시끌벅적했던 하루두 곤히 잠들구 다시 내년 오늘을 약속헌 짚신할아베허구 각시별 사이에 둔 은하수 강물만 소리읎이 흘르구 있었구먼유

정자낭구 안둥네 사람덜 46

— 꺼먹 살탕물

숭얼숭얼 맺힌 비지땀 손등으루 이맛전 쓱 문질르며 오빠넌 대창말래 지둥 나무에 책가방 지대놨쥬 그러넌 아들 목말르것다머 꺼먹 살탕물 한대잡 타 주셨지유 '복'자가 퍼렇게 백혀진 대잡이었어유 그녀리게 먹구 싶어 군침을 꿀렁꿀렁 생키다가 횟배가 도지군 했구먼유 오머니넌 무릎에 뉘어놓구 충희 배넌 찌배 오머니 손은 약손 한참동안 밀어 주셨지먼 그때뿐이었어유 슬그머치 일어나신 오머니 곤로불 피워 살탕물을 한 대잡 끓여 주셨지유 따끈헌 한대잡에 동했던 회가 스르르 가라 앉었슈 그래서 더러넌 꾀병을 앓기두 했구유 눈치를 살살 보메 배를 움켜쥐구 뒤틀어대먼 횟배 일었능게라구 얼릉 타다 주시던 오머니 살탕가루가 구여웠던 그쩍이넌 열여섯 식구 중 아버지허구 오빠만 타 주시넌 보약이었으닝께유 요새넌 살 찔깨미 마시지두 않넌 살탕물 그 물이 가끔은 가물가물헌 기억을 훤허게 밝혀주넌 불티 한 점으루 다가 올 때가 있덩걸유

정자낭구 안둥네 사람덜 47

— 큰 물 가던 날

당진 국민핵교 확성기이서 울려 나오넌 소리 "항곡리 봉생이 학생덜은 빨리 교무실루 모여라" 오전 공부두 뭇 헌 우리넌 책보를 챙겨 어깨에 다구지게 메구 교무실루 모였지유 선생님 따라 채운고개 올라서 봉께 등꿋길에 검푸르던 들판이 삽시간에 황토흙물로 꽉찬 드넓은 바다가 데어 있데유 넘치넌 채운다리를 후둘후둘 근너 샌내끼끈이다 신발허구 발등을 죄어 묶었쥬 "발가락이다 심을 주고 조심조심 걸어라 너희들 하나가 미끼러지면 모두가 넘어지게 된다" 지팽이루 대중치며 선생님이 앞장 스셨어유 스물 댓 명이나 되넌 긴 행렬은 샌내끼를 이서 잡었쥬 사타구니 위로 갈량조차 헐 수 읎넌 바다 같은 들판이었슈 이십 분두 안 걸리던 질을 두어 시간 넹기 살금거렸쥬 겁 많은 내 동상 연신 왕구슬 뚝뚝, 거센 물쌀 위루 더러넌 무자수뱀이 고개를 반짝 들구 삭쟁이에 걸쳐 내려왔구 늙은 호박은 똑대기처럼 개구리 한 마리 태우구 삐뚝삐뚝 떠내려 왔지유 언간허게 비만 와두 봉생이 큰 뚝이 터져 늘 바다루 찰름거리던 채운들, 베가 패기 시작한 이 들판에 올해두 또 숭년 들었구나 어린 마음이두 걱정이 들었구먼유 진땀을 업구 갱신이 다달은 봉생이 도처지 주막, 물에 빠진 새양쥐가 된 우리넌 황냥한 바다 지팽이루 가늠허며 더듬더듬 점 하나루 가물거리넌 선생님을 바라만 보았쥬 예서 제서 맹꼥이넌 워째 그럭키 맹물적게 울어쌓턴지

정자낭구 안둥네 사람덜 48

— 팔월 열나흗 날

동상허구 핵교이서 돌어오넌 채운들 누른 방울 진 벳이삭덜 고봉대미루 꽉 차 있었쥬 책보넌 말래 구텡이 밀쳐놓구 생편 숙 늘 풋콩 까구 방구텡이 뿌레기 지드런 콩나물시루이다 물두 주구 뒷동산 국수버섯두 따왔어유 작은오머니넌 맷돌이다 간 콩을 갠수 둘러 베보재기 가뜩 두부 지둘러 놓셨슈 올 해우년은 철기가 일러 갱신이 맹근 찌겡이쌀 절구통이다 빻궈 치댄 반죽뎅이 빙 둘러 앉어 생편을 빚지유 이쁘게 빚으면 이쁜 딸 낳는다구 모두 정성을 심었쥬 윗말이선 디야지 목통따넌 소리 귓창 찢더니 샌내끼루 묶은 구정물 멕여 킨 거먹 디야지게기 멧 근 추녀 끝이 꿰달어 놓구 둥내 가득 들지름 냄새루 침이 한 입 괴넌디 이집저집 장만헌 음석덜 서루 나눴쥬 인정두 듬으루 한 접시 듬뿍 담어서유 굴이 내워 눈물 섞어 더디 쪄진 솔잎생편 함박만헌 달뎅이 밝으메 뜨걸 때 잡수라구 띠어 댕기면 다령두리넌 후들거려두 신바람은 곱이었당께유 니얼은 추석 멩일 남색 갑사치마 노랑색 반호장 저구리 장롱 숙이서 잠이 오질 않어 조바심 푸른 한가위 둥근 밤

정자낭구 안둥네 사람덜 49
— 심파 기경

추석 멩일 한나절이 제울 때면 두레꾼덜의 긴 행렬이 우리 둥네에 들어왔쥬 분장을 헌 가장행렬이었슈 남자덜이 구찌벤니 빨곻게 발러 예펜네 분장으루 워떤이넌 할메 할아베루 사내애덜까장 도깨비마냥 분칠헌 울긋 붉긋 지더런 줄은 볼만두 했구유 우리 둥네 쪼무레기덜두 절싸서 따러 댕겼슈 그 넘어 둥네이서 심파를 헌데유 올히넌 또 무얼 헐라나 지다려 지기두 했구유 그날 저녁 근체 삼사둥네넌 물론이구 읍내이서까장 뫼들어서 산비알이 버글버글 했구먼유 기경은 제처놓구 츠녀덜 꼬시넌 디다 정신팔린 총각덜두 쌨었쥬 얼굴 붉히메 잘생긴 사내덜 훔쳐보며 '야, 조오기 팔짱찌구 낭구 밑이 서 있넌 남자 워떠냐?'허머 옆구레 쿡쿡 찔르던 새약씨덜두 많었구먼유 그해 심파넌 장화홍련전이었어유 구박받넌 애덜을 보메 여피 있던 할머니넌 '아이구, 시상이나'를 연발허메 눈가를 딱었쥬 심파가 끝나구나면 으레껀 노래자랑두 했거든유 서루가 한곡조 뽑을라구 밀치구 닥치구 그 틈이 낑겨 윤수허구 충희두 한목했구먼유 '고향이 그리워두 못가는 신세' 소핵교 이 학년였넌디 숙기두 좋게 워치기 불렀나물류 밤두 짚어 보름달은 창호지 문틈이루 대낮처럼 밝은디 장화허구 홍련을 연기 헌 남자애넌 누굴라나 워서 살라나 가심 두근거리메 뒤척거렸쥬 그 후루두 멧날을 두구두구 가심 앓었던

정자낭구 안둥네 사람덜 50
— 오머니

팔월 열나 흗 날이 생신인 오머니, 송씨 가문 외동딸이셨지유 열일곱 살 때 가난이 눌어붙은 사형제 맏메누리 되셨구유 소싯적버텀 시름시름 앓으신 아버지 빙수발허며 사촌덜이랑 혼저된 작은 오머니까정 열대엿 식솔 먹새 입새 여위사리를 전수 꾸려 나가셔야 헸어유 배깥 출입 뭇허신지두 수년이 된 아버지 어린 자슥덜 애비읎넌 후리자슥이란 말 듣지 않게 헐라구 좋다넌 약 다 구허러 댕기셨슈 멫 십 리 질을 걸어서 약 지러 가셨다가 늦은 밤 도깨비헌테 홀려 밤새 채운들 헤매다가 번헌 새벽에야 맥풀려 오신 적두, 때룬 비오넌 짚은 밤 산숙 고개를 넘을 때 여수덜이 히히거리메 흙뎅이 집어던질 때넌 '이눔덜 꺼불지 말어라, 으른 지나 가신다,' 호령을 치신 적 한 두 번이 아니라시던, 워쩔수 읎이 당차셔야 헸던 오머니 그래두 손이 쥔 첩약은 손구락 쥐가 나두룩 웅켜 쥐구 오셨어유 아버지 금방 돌어가실 것 같어 가마니 술 일여들 번두 더 헤 늦대유 소화를 잘 시키지 못하넌 아버지를 위해 엿밥이며 인절미 팥죽이며 감주들을 일년씩 진지 대신 삼시 세 끄니를 번가러 헤드린 정성, 인저 생각허면 오머니의 열나흘 달 같은 얼굴엔 원재나 그늘이 깊었슈 시집오던 날두 병풍 뒤이서 담배 피셨다넌 당신의 숙앓이 빙두 저첨인채루유 거시침 한축 쏟구나면 다 뒤집힌 속 담배 한 대 피어 무시던 오머니 당신은 읎넌 냄편을 위헌 삶을 살구 여든 셋의 질구 심든 일기를 쓰신 오머니 요새넌 내 손끝 놀림 하나 작은 몸짓에서 언뜻언뜻 오머니를 만나네유 열나흘 달을 빼 닮은 얼굴까징

정자낭구 안둥네 사람덜 51
— 아버지

어릴 적 감낭구이서 떨어져 정신을 잃었을 때 감잎을 덮구 깨나셨다넌 아버지, 끄니가 근근헌 집 사형제 맏이셨지유 글 공부허구 싶어 외삼춘 서당 뒷전이서 글을 익히다가 그 가문의 사위가 되셨구유 오머니버덤 한 살 아래인 열여섯의 아버지넌 가난이 지겨워 읍내루 나가셨대유 넘의 집 직공버텀 건어물 장사며 양화점, 쌀을 배에 실구 댕기매 인천 장사를 허셨다넌구먼유 푸대자루 그득그득 둔을 긁어 몇십 마지기 논 샀대유 그 해 풍년이 들어 새루 맹근 큰 벳광이 넘쳐나넌디 그걸 뭇 보구 돌어가신 할아버지 생각 때미 광 앞이 주저앉어 통곡을 허셨다넌 아버지넌 늘 빙약허셨어유 위장빙이서버텀 생긴 빙은 다 거치신 아버진 고향인 정자낭구 안둥네루 다시 오셨어유 가난이 웬수여서 입던 옷 져 입구 시집을 가야 허는 둥네 츠녀덜 새 입성허며 귀헌 고무신 워떤 땐 농떼기꺼정 매련헤서 시집 보냈대유 장레쌀 보증 서주다가 대신 갚어주기를 밥 먹듯 허셨던 아버지 “인저넌 빗 보증 즘 그만 스유” “안 서 주먼, 사넌 게 뻔 헌디 연명은 허얄 꺼 아녀” 삼십여년 넹기 긴 빙살이 끝 세상 빛을 츰으루 본 그 슨달에 오신 길루 되돌아가셨구먼유 청산리 벽계수야를 즐겨 부르시던 아버지넌 쉰 넷의 짧지먼 긴 여운을 냉긴 채 청산으루유

정자낭구 안둥네 사람덜 52

— 콩 천대

"야, 종덱아 얼릉 나와봐" 머처럼 귀헌 이질 먼 길 온 날 멕여 볼 것 딱히 읎넌 외삼춘은 서리콩 한 다발 쳐왔슈 낫이 결이 헤다 받쳐 논 나뭇바지게 푸정나무 한아름 불 댕기니 생도투리 튽은 냄새 개양알갱이 구수헌 냄새 멍가까시 후두둑 후두둑 타 들어가데유 그 위이다 콩다발 읎구 다시 싸릿대 억새 떡갈나무 고주백이 수북허게 싸 놓으먼 모듬으루 어우러지넌 구수덥덥 헌 연기 하늘로 디리 내달리구유 치솟던 불꼬붓 한풀 시그러진 뒤 아직 들 탄 싸릿대 불땅 막대기루 어펌자펌 뒤적거리먼 군침 도넌 배틀헌 냄새에 회가 불끈 동헀구먼유 새커먹게 끄실러 익은 한 개비 후후 불어 들 익은 콩 너머 탄 콩 주섬주섬 빼 먹다 뱃구레 얼추 차 허르르 앞이 기신 외삼춘을 보닝께 시커먼 손으루 날러오넌 탑새기 비빈 눈가생이 매쿠름헌 연기에 콧물 노상 딱은 콧장뎅이 구이 그리구 가이 그린 그야말루 환쟁이 따루 읎었슈 서루서루 바러보메 깔깔깔 배꼽 잡었던 그 가을 지끔두 그 깍지 숙 배트름헌 멋 빼닮은 하늘에 그 웃음소리 콩단 마냥 께달려 있네유

정자낭구 안둥네 사람덜 53
— 인정

정자나무 옆이루 난 지더런 똘강은 도처지 주막께까지 이서졌쥬 검부락지 수초가 빼곡허게 깔려 물새우허구 숭사리덜 아늑헌 움막이 되었구유 얼멩이루 수초 밑을 주욱 훑트먼 베꽂 따먹구 살찐 통통헌 물새우 송사리 새끼붕어덜이 얼멩이 안이서 질닿게 뗬지유 저드랑 밑 치맛말기 살파슴 숙으루 미끼러져 쫄꺽거리넌 꺼먹고무신 뒤꿈치 구멍난 양말 틈이루 동짓달은 디립다 파구 들어두 잡넌 재미에 푹 빠져 추운 줄두 물렀쥬 워쩌다 워쩌다 메기새끼 한 마리 걸리먼 신바람은 곱절두 더 났구유 동생은 토끼 잡어 맹근 귀마개 나넌 무명 책보 삼각 접어 쓰구 곱은 손 후후 불머 동생이 집이 가자구 언발 동동거릴 때까정 잡었슈 잡어온 게기 받어든 작은 오머니넌 나뭇광 구더리에 묻어 뒀던 자지잔 무 치레기 쥐가 파 먹은디 발러내구 절구통에 풍풍 빵군 대바레기 고추 듬성듬성 치구 밥솥 넘어가넌 굴에 걸어 논 무쇠솥 가득 무를 지졌쥬 밥 끓넌 냄새 부글부글 민물게기랑 무가 어우러져 솥전 갓뎅이루 끓어 넘치넌 냄새 굴품헌 판에 침 넘어 가넌 냄새두 푸짐했슈 한소큼 뜸디려 푹 물르먼 옆집 옥분네 한 투거리 야래 헐먼네 한 냄비 건너 말 셉이 아주먼네 한 뚝배기 뜨건 짐이 잡수시라구 뛰어댕기머 나눠 디렸쥬 돌어오넌 길은 흥바람이 나 '어둡고 괴로워라 밤도 깊더니 삼천리 이 강산에 새봄이 왔네' 창가에 장단 맞춰 궁뎅이 춤벙거리머 집으루 왔구먼유 그 꼴새를 보머 저녁밥 일찍 먹구 마실 나온 개밥바라기별이 입 틀어막구 칠칠칠 숙웃음 웃구 있었지유

정자낭구 안둥네 사람덜 54
— 죽사발에 빠진 눈물

그 해우년 배암둥개 높드리 돌안 여나문 마지기 고라실 눈배미 샀구먼유 마당 아래 텃물받이여서 늘 장만허구 싶어 허셨던 눈이였구유 미저지가 별루 읎어 곱장레를 읃어 논 값을 치렀쥬 열여섯 대 식솔 먹새 입새 아버지 병수발까지 쓰임새두 걸었던 우리 집은 허리띠를 있넌 디까지 뎅여맷구먼유 풋보리 누른방울 지기 미섭게 삶은 보리쌀 무쇠솥에 안치구 그 가운디다 쌀 한 주먹 박어 따루 아버지만 디리곤 헀쥬 무짱아지 꽁보리밥 벤또 책상 밑에 감추구 젓가락질 허먼 왜 그럭키 다부시러지던지 허기진 뱃구레 꼬르륵 십 리 질 집안에 들어스먼 맷돌이다 득득 갈어 쑨 맡기조차 질력 바친 보리죽 냄새, 고개 푹 수구려 부치구 숫갈질허던 우리의 죽사발은 눈물방울 보태어 저녁 끄니를 때웠쥬 쌀밥이 먹구 싶어 동생허구 맨날 작은언니 생일날 증조할머니 지삿날만 눈 빠지게 손 꼽었구유 떨어진 운동화 구텡이 구텡이 꼬매 신구 땀으루 삭은 교복 반소매 구멍 난 등짝 군데군데 져 입어 누가 장뎅이 처다볼까메 부끄러웠던 시절, 그렇게 보리죽으루 끼니를 에꼈던 진 여름 물러나구 새루 산 눈배미에 옹그진 풍년 "얼라려, 벳이삭이 여수꼬랑지 만씩 허여 야," 죽사발에 뜬 눈물 숙으루, 지어 신은 운둥화 짝 찢어진 구녕 숙으루 여수꼬랑지넌 그럭키 익어가구 있었던 거였슈

정자낭구 안둥네 사람덜 55
— 배얌가루

빨간 갑사댕기 치렁치렁 허던 머리 싹뚝 짤르구 꼽실꼽실 파마 낀 작은언니 시집가던 날이었슈 안마당 배깥마당 채알치구 쪼무레기덜 떡 한 볼켕이 미어지게 물구 즈이 집 잔치마냥 얄이 났지유 동네 아지메덜두 불락케 상답을 보다 말구 한 군데 메들어 디려다보메 "정식 오머니, 저게 뭐라나?" "이이, 배얌가루랴" "그런디 배얌가루가 워째 저럭키 허옇치?" "물러, 난들 아남" "워째꺼나 장문이 가서 들응께 배얌가루라구 허더라닝께" "옴매나, 드러워서 워치기 먹는댜" 페니시린 병에 들어있넌 허연 가루 디려다보며 별 숭헌 것이나 본딕기 수군덕거렸지유 "그러먼 맛이 워떴댜?" "물류, 성님이 맛 줌 보실튜?" "어이구 싫어야, 동상이나 먹어 봐" 숟가락 수챙이루 쬐끔 찍어 두부찌개이다가 물만 디려 간을 본 순자오메 기절초풍허며 "아이구 누려, 물 즘 더 붜, 더 부라니께" 오만상 찡그렸지유 생전 츰 맛본 미원은(아지노모드) 배얌가루가 되었구 그 맛이 궁굼헤 한 알갱이 몰래 입에 늫다가 하루 젱일 침을 뱉어내두 누린내 가시지 않던, 그럭키 떠들썩허게 우리 둥네에 발 디민 조미료 미원두 옴머이나 벌써 이순을 바러보넝구먼유

정자낭구 안둥네 사람덜 56
— DDT

날쎄가 쬐끔쓱 채기 시작허먼 방이넌 주구장창 인두 꽂친 화롯불 있었쥬 조석 끓인 구락쟁이 등걸불 이룽이룽 쌀 때 된장 투거리 끓여내구 불땀 시그러지기 전 부삽으루 화루 그들먹허게 담어 맨재 덮구 인두루 꾹꾹 눌러놓먼 원제구 불씨 살어 있었슈 그러먼 방두 행결 따땃허구 인두질치며 두루매기 바지 저구리 늘 바느질했지유 저녁이넌 저드랑 밑 워디 헐 것 읎이 근실거려 호박 극딕기 북북 긁어 제키먼 속내이 베껴 화롯불에 구웠슈 보릿쌀 만쓱허게 영근 이가 썰썰 겨나와 연방 잡어 화롯불이 집어 느먼 툭툭 튀넌 소리 누릇누릇 타넌 눗내두 호�쥬 내이 혼술 비지밥으루 눌어 붙은 서캐넌 뜨건 인두루 주욱 지저 나가며 볶어 직였당께유 내껏 댐이넌 니껏 돌어가메 잡어댔구먼유 사텡이 피 맺이두룩 극지럭거리매 줄행낭치넌 눔 서루 잡을라구 쌈박질허다가 뺄개벗은 알장뎅이 냅다 을어 맞었슈 그제야 스발은 내민 주뎅이루 쑤끔했던 우덜였구먼유 아랫내이 구울 때넌 찌린내 구린내 코 맥혔쥬 얼추 잡어 수억헤지먼 베 흥겁이다가 느은 횟가루약 혼술마다 치구 허옇게 묻은 내이 다시 입구 이불 숙이 기어들어 시시덕 뿌시덕했구 밤 제웁더락 잡어주시던 오머니 "잠 점 쳐 자거라 느이덜은 워째서 그럭키 잠두 읎다니" 쥐 죽었쥬 이럭키 내이이다 치구 몸뗑이 맥질헌 매캐헌 횟가루넌 우리 몸뗑이와 하나 되었구 코쟁이 덕분으루 난생 츰 뿌려 본 화학약, 그게 그 개려웁던 시래미 잡넌디 한몫 헌 바루 DDT라는 거 였슈

정자낭구 안뚱네 사람덜 57
— 머릿이

머리 극지적거리메 대문간 들어스넌 걸 뵈기가 미섭게 오머니넌 금새 잠이 쏟어질 것 같은 햇빛 밝은 토방에 앉혀놓구 머리를 뒤적거렸슈 "으이구, 또 한 물 깠네, 처먹구 이만 맹기나이게 왼일이랴 어숭생변 허야지" 엄지손톱 맞대어 쥐어박딕기 머릿이 서캐 헐 것 읎이 직여댔쥬 손톱이넌 직인 이루 시커먹케 으시졌구 "이걸 대갈찌라구 갖구 댕긴다니?" 꾸짖음두 호됬구먼유 "손이루 잡어서넌 되두 않것네" 불락케 행주치마 풀러 토방이 깔구 지둥나무 끄틈배기 뙤똑허게 앉은 빗동구리 쭉 잡어댕기니 동구리 숙 졸구 있던 챔빗 어름빗 금 간 섹경 귀후비개 가름배 타넌 지다란 바늘대 소스러쳤구먼유 챔빗질을 헝께 머릿니 앞치마에 꺼먹깨 쏟어지딕기 우실우실 떨어져 비실거렸슈 서캐넌 뺍히지 않어 챔빗이다 굵은 실 얽어 매어 머리이다 물발러 머리카락 서너 올겡이 쓱 짯짯이 훑어 내렸쥬 머리밑이 하두 아퍼 고개를 좀 옴질거리면 자발 읎다구 쥐어백히구 오줌 싸것다구 온몸 비틀어야 제우 해방이 됐쥬 허긴 그쩍이넌 애 재 내남적읎이 이가 숱헤서 공부시간이면 앞이 애덜 머리에서 모가지루 슬슬 기어 내리넌 것은 숭두 아니었으니께유 머리만 득득 긁어두 허연 광목저구리 어깨루 뚝 떨어져 세월아 네월아 태평시럽게 싸댕기던 으진 검은깨를 닮은 눔덜

정자낭구 안둥네 사람덜 58
— 질삼허넌 아낙덜

해설푼 저녁였구먼유 멧멧이 광주리 하나씩 들구 불락케 기숙이네 대창 건너방으루 뫼들었지유 퍼런 글씨루 불조심이라구 새겨진 등잔불 키구 등잔바탕이넌 골이 다 닳은 조일성냥각 있었쥬 껸짓대이넌 작은언니 긴 머리채 같은 삼단 걸어 삼을 삼었슈 땀때기 으시져두 내놓치 않던 허연 무릎팍 위 가느다란 삼을 이빨로 갈러 다른 삼으루 이어댔쥬 한참을 삼던 셉이 엄니 시오메랑 엊저녁 대두리 한판 헌게 여태껏 숙이 안풀렸넌지 삼을 심지게 뒤루 밀었다가 냅다 앞이루 밀어 대데유 광주리에 서리서리 쌔일수룩 한 서렸던 얘기꽃두 수북헤 갔구유 "시집이라구 와봉께 겟말이다 손이나 집어늣구 맨날 주막 근체나 얼씬거리던 서방, 시누덜이 대추나무이 연 걸린거 같텅걸유, 입하나 덜라구 보낸 시집인디 끄니넌 간디 읎구 새 새닥이 첫 정월버텀 언땅 후벼 나승갱이죽 시락지죽, 으이구 시오매넌 또 워땟넌디 이락대신이었슈 죽이나 먹게 힜깐유 구락쟁이 앞이서 몰래 눈치껏 우겨능쥬" 맺힌 한을 삼넌 삼 매디매디 실컷 풀어내데유, "으이구, 시집살이 되다 되다 나만 힜겄어 나나 드나 뱃구레 허기지넌 건 이년 팔잔개벼 어이구 넌더리나" 한 수 더 뜨넌 옥길오메 "순례야, 넌 지끔 시집 갈 농숙 삼넝겨? 느이 오머니 접대 무싯날 뽀뿌링이랑 꽃분홍 유뗑치마 홍정허는디 증말 곱더라데, 단단히 각오허여 시집은 가넌 날버텀 고상여 증말이랑께" 등잔불에 비친 순례 두 볼이 유똥빛 됐지유 대갈거리넌 둥안 섹유 한 등잔 다 닳어 말꼬지에 걸린 증중병 지름

느닝께 치릅은 죽어가던 불 환허게 살어나구 삼물 들어 때 찐 무릂팍 서루 디려다 보메 연태까지 늘어 논 시집살이 워디다 내려놨넌지 배꼽 쥐었쥬 슬그머치 나간 기숙 엄니 고구마 찌구 얼음 숭숭 백인 잎사기 둥치미 쭉쭉 빼개 한 투거리 들구 와 굴 푸지근헌 판에 쓰신 듯 가신 듯 헤치우구 싸리문 나스니 워니 때나 되었넌지 짚은 별덜 반득반득 닦은 호야등 하나씩 써 들구 저만큼 앞장서 가구 있덩걸유

정자낭구 안둥네 사람덜 59

— 오려 햅쌀 츤신 허던 날

베 바슴 헐라먼 멀었는디 멩일은 닥쳐오구 쌀독은 바닥 뵈구 헐 수 읎이 작은 아버지넌 풋베 너덧 바지게 벼다가 마당에 부리셨지유 수수땡이 꺾어다가 반으루 접어 기내 맹글어 청치를 훑텄쥬 들 익은 베이서 뽀얀 물이 나올까메 살살 기내질 헤서 가마솥이다 멧솥 쩌 멍석 페구 널먼 동네방네 퍼지넌 풋내, 한 이틀 말려 뒷꿈치루 뺑 돌머 비벼보먼 쌀알갱이가 연둣빛이었쥬 다 말른 베 절구통에 꺼꿈배질 헤가머 댂여 썩썩 까불르먼 팔뫂헌 찌갱이쌀 됐구유 오머니넌 만물고추 한 자루 이구 불락케 십여리 질 장이가 반찬 한 구럭 장흥정헤 오셨슈 시락지 된장국 한 숱 끓이구 꼬추가루 듬성듬성 갈치 찌구 무 한 양은숱이다 꽁치 멧 마리 물 디려 푸욱 지지구 고추 떡 곰삭은 능쟁이 새우젓에 들지름 쬐끔 젝여 박숙 볶구 동네꾼 전수 불러 오려 햅쌀밥 츤신 헸구먼유 잔칫집이 따루 있나유 여름 내내 꽁보리밥두 나눠 먹던 지친 뱃구레 멧밥 푸듯 고봉대미 한 사발 마파람에 그이눈 감추듯 훌떡 헤치우고 햇뜸물 받어 끓인 틉틉헌 숭님 벌떡벌떡 한 대잡 마시먼 벌떡 일어난 배 원님 부럽지 않었쥬 그때 밥솥에 찐 갈치가 워째 고럭케 고수름헸었는지 물류 "니열은 즈이 집으루 저녁 잡수시러덜 오셔유" 정순 엄니가 니열 저녁을 모셨구 모리두 글피 그글피두 돌아가머 츤신헸던 오려 햅쌀밥, 배 뚜둥기머 대창말래 나오닝께 아랫집 초가지붕 위이 핀 박꽃이랑 초저녁 별덜 넉넉헌 인정이 좋은게뷰 즈이덜찌리 단 웃음 하얗게 웃구 있덩걸유

정자나무 안둥네 사람덜 60

— 월사금

종례시간 "월사금 납부 안 헌 사람 일어서" 큰 죄인이나 된 딕기 푹 수구려부치구 일어섰지유 원제까지 납부허라넌 선생님 말씀 또 워떤 때넌 서무실루 불려가기두 했구유 그 날짜이 주실지두 물릉께 자나깨나 숙이 뇌이질 않었슈 이 댐이 내 아이덜헌테넌 달라구 허기 전이 얼릉 줄껴 당조짐두 했구유 증혜주신 날은 닥쳐오는디 눈치만 살살 보메 입을 떼지 뭇 했쥬 둥네 부자라군 헤두 아버지 병수발이며 사촌언니꺼랑 두 몫을 매련헤야 허넌 걸 뻔히 아니께 꼴떼기두 낮짝이 있지 워치기 졸른데유 그러다가 월사금을 주시넌 날이면 십리길두 단걸음이 널러 갔구먼유 지가 지일 먼저 내기나허넌 것 마냥유 신바람 달구 뗨박질루 달리던 채운고개 밑 흐드러진 아카시아꽃두 우리덜 웃음소리루 환허게 떨어지구 있었슈

4부

정자낭구 안둥네 사람덜 61
— 쑤수 풀떼죽

을씨년시런 가을비넌 두렁콩 잎 숙으루 파구들어 누렁잎 하나 둘 잡은 손을 놓구있었쥬 매끼러운 논틀루 들어스면 예서 제서 톡톡 튕겨 널러댕기던 메떼기덜 날개 젖을깨미 숨소리두 읎어 쓸쓸했슈 정수백이버텀 운둥화 숙까징 후줄근허게 대문 들어스면 으진 추녀 밑이서 젖은 깃털 털구 있넌 참새 같었당께유 이러키 갈 비 구짐구짐헌 날이면 콩밭 틈이루 드믄드믄 뿌렸던 쑤수목 짤러다가 절굿뎅이루 풍풍 쪄 풋콩 느은 쑤수풀떼죽 쑤구 둥글넙쩍헌 반데기 맹길어 무쇠솥이 풋콩 깔구 노릇노릇 지저내면 쑤수개떡 되거든유 검붉은 풋쑤수와 풋콩 냄새넌 거시침이 나오두룩 회가 동헀슈 쑤수루 맹근 것이면 다 좋아허니 그날은 홍제를 곱으루 만난 셈이쥬 맹글기가 그역시러워 하루 품을 메야 허넌디 가을비 궂은 날이라 한갓지게 헤 먹던 별미였구먼유

그 맛을 잊을수 읎어 멫 해 째 쑤수를 심었슈 그런디 올해두 풋 때를 놓쳤구먼유 오늘 저녁은 밥솥이다 쑤수목이라두 쪄 고개 숙인 가을 쑤수알 같은 어릴적 기억들을 빼 먹으메 시월의 밤을 넹기야 헐라나뷰

정자낭구 안둥네 사람덜 62

— 짐장

된 서릿발에 입설 시퍼런 입동이 똥아리 틀구 앉은 짐장밭, 꾸이겨 홈빡 뒤집어 쓴 텃밭에 배차랑 무수, 수수 빗찌락이루 슬슬 쓸어내구 반 쪽씩 쪽을 내지유 갈른 것버덤 뭇 갈를 게 더 많은 마당배차허구 무수꼬랑지까정 죄다 주서 절이쥬 고라실 논배미 물똘 옆으루 일찌감치 파 논 웅뎅이에 이구 져다가 배차를 씻을때넌 웅뎅이에 괸 살어름 물은 빠질 것 같이 손구락이 곱었슈 좁은 논틀 미끄러질깨미 다 닳은 꺼먹고무신 산내끼루 탄탄허게 뎅겨 매구 오구린 발꾸락 쥐가 나더락 언니랑 동상허구 나래비루 여 날렀쥬 너머 심을 주어 다령두리가 알패기두 헸구유 여 나르넌 저드랑 치마 말기 숙으루 입동 바람은 기를 쓰며 파구 디밀었쥬 들어간 건지두 별루 읎넌 배차 숙 버무려 '간이 맞남?' 허머 서루 입숙이 미어져라 느 줬지유 이러다간 앉은 자리서 다 먹것다메 입 가셍이 붙어댕긴 꼬추뎅이 우서워 깔깔깔 추운 기운 넥였지유 식솔이 많은 우리집은 짐장두 푸짐했어유 땅께미 지구 끄름 나는 남포불 써 달어매구 깍데기 게꾹지 둥치미 짐장독 바텡이 바텡이 우거지 질러 그득허게 눌러 놓먼 먹지 안헤두 입지 안헤두 후듯허다시던 오머니, 짐장은 한 즉 양석이었씅께유 즉은 그럭키 짚어가구 고구마 쩟어안친 무쇠솥에 삭밀가루 멀겋게 개어 채반 걸어 찌구 살어름진 동치미 쭉쭉 뻐개 즈내 즘신은 그럭키 때웠쥬 눈이 많이 오넌 해우년은 풍년이 든다넌디 원재버텀 내렸넌지 문짝이다 붙혀 논 유리쪽으루 내다본 채운들은 목화셍이 푸근헌 이불 덮구 일찌감치 잠자리에 들구 있었쥬

정자낭구 안둥네 사람덜 63
— 게꾹지

짐장을 헤 늘 때먼 뭐니뭐니 헤두 게꾹지넌 빼놀 수 읎넌 짐치였슈 푀기짐치루 쓰지 뭇 헐 자지잔 치레기 대가리만 짤르구 무수 잎새기랑 꾸부렝이 냉겨뒀던 늙은 호박 쭉쭉 빼개 게꾹지를 담지유 한여름이 잡어다 간장이 느 먹던 능쟁이 장물 그눔을 치구 담어서 게꾹지라구 헌다너먼유 말려 뒀던 대바랭이 풋꼬추 재치기 콧물 범벅허며 절굿대질헤서 허접씨레기 죄다 걷어 늣구 맨 낭중이 허옇게 버무리넌 짐치라 남넌 것두 남을 것두 읎었슈 푸짐허게 서너너덧 투거리 밥숱이 찌먼 부글부글 밥물이 넘쳐들어 물렁허게 익어유 투거리 밑이루 밥풀떼기 더덕거린 채 밥상 한가운디 나앉으먼 후후 불메 척척 얹은 밥숫갈은 볼떼기 미어지넌 꿀맛이였슈 마파람에 그이눈 감추듯 멀국까징 싹싹 훑었쥬 상머리 끓여다 논 뜸물 한 대잡 키구 나먼 부러울 게 있나유 원님두 저루가라 혔슈 윈젱일 논틀길 여날으느라 노곤허게 잠든 새끼덜 방에 인두루 화릇불 돋우어 주시던 오머니, 얼어붙었던 볼떼기 등잔불 밑에 홍시처럼 익어내리던 저녁이었쥬

정자낭구 안둥네 사람덜 64

— 바심 허넌 날

개꼬랑지 같은 벳이삭 물결루 일렁이던 들판이 원재거리 논틀마두 지다런 벳가리루 변했쥬 햇빛 좋은 날 몇 번이구 데가리를 쳐 고실고실 말르먼 여 나르구 져 날러 텅 빈 들판은 맵쌀헌 바람만 즈네덜찌리 치구 받넌 드넓은 씨름판이 됐구유 된서리 말르기두 전 노적가리 허물어 바심을 혜유 둬서너 군데루 뉘어 논 절구통이다가 굵은 산내끼루 묶은 벳단을 태질허먼 우실우실 쏟어지넌 누런 베 알갱이덜 그 옆이선 들 떨어진 낟알 털어내넌 와룽기 와룽거리넌 요란헌 엄살, 한나절이 흠씬 제웁더락 쳐댄 낟알 '어하어하, 풍년이네' 장단 맞춰 죽가래질루 높이높이 퍼 올리먼 달기생이꽃 닮은 하늘은 후후 불어 탑새기 널려보내구 누런 알곡만 수두룩 쌓이지쥬 만만찮게 싸이넌 검불을 몇날 몇일 도리깨질헤서 한 알갱이라두 흐실될 깨미 짯짯이 디리쥬 그때넌 파랑개비가 있었기 망정이지 그게 읎을 적이넌 바람이 사방으루 불어재키넌 통에 꺼럭만 옴씬 뒤집어써 그 기듬해 봄까정 헸넌 걸유 벳광 가득 메다 붓치구 디야지게기 드문드문 느은 짐칫국으루 늦은 저녁상 물린 일꾼덜 "니얼은 순님이네 품 앗으야넌디 팔 아퍼서 헐라나 물르것네" "꼐병 말어, 자구 나먼 훌떡 나승께" 집으루 가넌 어둔 길 허뚱거릴깨미 썩은 지붕 용마루에 걸터앉은 만월 같은 박뎅이가 가넌 길 허옇게 밝히구 있었쥬

정자낭구 안둥네 사람덜 65
— 지붕을 헤 일다

바심이 끝나구 한 해의 마므리넌 지붕을 헤 이넌 일이였슈 서릿발 시린 짚누리 헐어 이영을 엮기 시작허쥬 수 샘일를 엮은 나래 산데미처럼 싸 놨다가 지붕허넌 날 용구세를 미낀허게 틀어내넌 건 솜씨 날리넌 윗집 할아버지 차지였슈 "내가 소싯적 삼사 둥네 뻡혀 댕길 때 가넌 디 마두 싸리문 틈이루 내다보넌 시약씨덜이 한 둘이어깐" "어여 틀기나허여, 노루꽁지만 헌 해두 얼추 갔넌디, 녈까정 헐라남" 용구세 트넌 솜씨루 잔뼈가 굵어졌다구 자랑이 입버릇 된 할아버지를 재축허던 동갑내기 병덱이네 할아버지 사닥다리 타구 지붕으루 거쩐 올러갔지유 비바람이두 용케 버티어준 흔 이영 밟기만 헤두 축 쳐지넌 썩은 새 여기저기 군 새를 두구 장정덜은 절구통 만슥헌 이엉을 올려주메 차분차분 헤 일어 나갔슈 그중 꼭대기다가 용구세루 용마루를 얹구 산내끼루 시루가루 단단허게 묶어맨 대미 추녀를 뺑 둘러 깍으먼 새 새닥 마냥 함함허쥬 어둘가리 되어 시커먼 구름뎅이 오락가락 허넌 걸 봉께 눈이 네릴라네뷰 눈이 오먼 지붕두 촉촉허게 가라앉구 잔 고드름 조랑조랑 발을 엮어치것지유

정자낭구 안둥네 사람덜 66
— 조금나루 아지메

정자낭구 안둥네 그중 꼭닥집 옴팡은 갯갓장사 조금나루 아지매가 살었어유 삼피 개뻔닥지를 자기 집버덤 많이 들락거리며 조개가 젤루 영근다넌 진달래꽃필 무렵이넌 수합을 잡어 팔구 여름이넌 능쟁이, 갈허구 즐기넌 굴을 좆느라 손등이 늘 구적바위였구먼유 갯바람으루 닳구닳어 붉으데데헌 얼굴 으등크러진 곱실머리 낭자의 비녀넌 원제구 나무 막대기였구유 오메 발구락이 쑤욱 내민 짚세기 민헐 날 읎었구먼유 인정두 많어 능쟁이발 하나래두 더 줄라구 됫박이 질질 넘쳤어유 봉지가 읎었던 그쩍이넌 짚꾸레미가 대신했지유 벳짚 한웅큼 대가리를 묶어 끌겡이 맹글어서 갯갓을 담어 팔었어유 월마 되두 않넌 갯갓을 팔구 돌아오넌 질에 으레 둘르던 충희네 집, 철푸덕 나뭇간이 주저앉어 등짝에 붙어댕긴 허구레를 보리밥뎅이 찬물 말어 훌훌 넹겼쥬 횟배를 자주 앓던 내 배를 밀어 주다가 언능 업구 서성거리시던 좁은 어깨넌 갯냄새 땀냄새루 늘쌍 쩔어 있었던 냉이꽃 닮은 아지매였슈

정자낭구 안둥네 사람덜 67

— 짐치밥

짐장헐 때 담어 논 허접씨레기 짐치 즉이 짚어질수록 누렇게 잘두 익지유 그 짐치 숭숭 쓸어 무쇠솥 밑바닥이 깔구 그 위다가 쌀 한줌 찌끼트려 밥을 안치쥬 부글부글 끓으먼 짐치 한 점이래두 누를깨미 뚜껑 열어 주걱으루 소복허게 모데 놓구 뜸을 디려유 짐치랑 척척이겨 벌텅사발 고봉대미루 턱 닿게 푸쥬 쌀랙기라군 가믐이 콩 나듯헌 짐치밥을 맹지랑물에 비벼 먹구나먼 뱃구레가 금방 꺼져 동지슫달 진 밤을 걸걸거리넌 어린 것덜에게 만수오머니넌 "그러니께 배 꺼지기 전이 얼릉 자빠져 처자라구" 지청구두 모지락시러웠쥬 만수네넌 그해 겨울 놀음빚으루 내놓은 건너말 허서방네 논 너덧 마지기 샀어유 형세에 많이 부치기넌 허지먼 원제 내둔 다 장만허여 매련헐 수 있냐며 일을 저질른 거여유 논배미 계약서 거머쥔 날부터 겨울이넌 짐치밥 봄이먼 밀지울 쑥버무리 여름이넌 강낭콩 숭숭 박은 보릿저개떡 그것두 느루느루 먹으라넌 잔소리 입이 발렸쥬 빚 안 지구넌 가산을 늘릴 수가 읎었당께유 땅뎅이 장만헐라구 줄이구 조리넌 것에넌 이골이 났응께유 만수네두 그러키 대여섯 해 고상허먼 내것이 된다구 허기진 뱃구레 숙 꿈이란 옹그진 싹을 꼬물꼬물 티우며 살었쥬

정자낭구 안둥네 사람덜 68

— 오줌 누다

충이 아버지넌 늘 혼자셨지유 편찮으시니 밖이 나오시넌 일이 드물었어유 여름이넌 사랑채 배깥문을 열어놓구 시상 기경, 워떤때넌 자리 맬 논내끼두 꼬셨구 아주 더러넌 청산리 벽계수 한 곡조 뽑으셨쥬 즐기넌 창호지 문짝 가운디다 네모진 쪽유리를 붙쳐 배깥시상을 내다 보셨넌디 핵교이서 오넌 충이를 불러 오늘 저녁이넌 같이 자자구 허셨어유 덜컥 겁이 났슈 자상허기 이를 데 읎으시지먼 근엄허기두 댓쪽 같어 아지매덜 그 마당 지나갈 적이넌 고개두 뭇 들구 담박질 혔거든유 덩달어 어려웠던 충이넌 아버지허구 워치기 자야 허나, 츰으루 허시넌 부탁인디 안 된다구 헐 수두 읎구 마지뭇헤 대답을 혔쥬 풍구질헤서 수이여물 쑨 사랑방 군불루 왱겨 한삼테미 아궁지이다가 짚혀 방이 쩔쩔 끓었어유 아버지 옆이 누우니 당체 잠이 오질 않넌디 흐뭇헌 아버지넌 사타구니에 꼬옥 끼구 기셔서 옴짝달싹 뭇 허구 땀만 삘삘 흘렸지유 한심 자구 나니께 오줌이 마려운디 잠이 깨실깨미 옴질거리지두 뭇 허구 참다 참다 아버지 품이다가 절절 오줌을 눠 버렸슈 참구 참은 터라 많이두 나오덩걸유 따끈헌 방 뜨뜻헌 오줌이 척척허게 다 젖어 잠이 묻묻나넌디 고개두 뭇 들구 있넌 딸을 무릎이다 안치구 지긋이 웃으시며 “어이구, 딸냄이 넉분으루 엊저녁이넌 참 잘 잤구먼 그런디 누구더라, 누가 이 밤중이 뜨건 물 한 사발 엎질러 뜨건 짐이 더 잘 잤구먼”

정자낭구 안둥네 사람덜 69

— 귀마개랴 젖마개랴

9·28 수복 이후 끄니 잇기가 증말 심들었슈 피난 갔다 옹께 짐승 새끼랑 뎌지게 장만헌 살림 쪼가리 간 디 읎구 쑥대밭은 절루 가라니 땅을 칠 수 백기유 구호물자가 들어온 게 그때부터 였구먼유 가짓수두 많었쥬 옷가지랑 강냉이가루 끔 쪼콜렡 빠다 또 핵교이 가면 우유가루 배급두 줬슈 누구 꺼가 더 많은가 서루 대 보기두 허구 그걸 벤또이다 담어 밥솥이 찌면 독뎅이마냥 굳어 한 뎅이를 이빨루 긁어먹으면 허기찡두 쬐끔은 가셨쥬 강냉이죽 배급허넌 즘신시간이면 빈 벤또허구 꼬르륵거리넌 뱃가죽이 나라비 선 줄은 질기두 했구유 생전이 보두새두 뭇 허던 옷가지덜은 우리네 입성 바꿔 놨구먼유 삼단 후레야치마이다 흔 말기를 달어 숨저구리 입구 장이를 가질 않나 움푹헌 데다가 숨을 둬 귀마개라구 귀이다 차구 승당일 오질 않나 배급을 받어다 놓구두 쓸중을 물러 "저시기 말여, 허옇구 빨래비누장 같이 생긴 건 뭐랴?" "빠다랴, 빠다 그게 밥 비벼 먹넌 게라넌디 니끼헤서 워디 먹을러라구 양코덜은 그걸 워치기 먹나 물러" 옆이 있던 개뗑이오메 "그러먼 담뱃진마냥 쓰지쓴 고약 같은 건 뭐라나?" "이이, 고게 바루 코피라넌 거라데 츰이넌 쇠테여서 내비렸넌디 장이 가서 들응께 살탕가루 늣구 물 타서 먹넌거랴" 동짓달 진진밤 삼 삼을라구 앉기만허면 등잔 밑으루 코를 박던 초저녁 잠 제운 정분 오메두 구호물자 얘기만 나오면 오던 잠 훌랑 쫓구 "그런디 순섹 할매 귀마개넌 증말 귀를 덮넌 게 맞넌거랴?" "으이그, 글쎄 그게 귀마개가 아니라 젖마개랴" 터져나오넌 웃음 소리루 그날 밤 숲굴 골망이 떠네려가넌 줄 알었데유

정자낭구 안둥네 사람덜 70

— 친오머니를 찾어주세유

대한 추위가 울구 갔다던 소한 추위, 눈곰뱅이 후려치구 젖은 손 문고리에 쩍쩍 들러붙어 댕기던 날 큰 언니 동무덜 몇이 삼을 삼으러 왔어유 광주리에 쌓이넌 삼두 푸짐헤지넌디 뜬금읎이 “야, 충희야, 느이 오머니 워디 기신지 아남?” “저기 기시잖유” “아녀, 그 오머니 말구 느이 친오머니 말여 이분은 널 켜준 오머니구 널 나 준 분이 따루 있단 말여” 옆이 있던 을냄이네 언니 “그려, 내가 장이 갔다 오다 봉께 채운다리 밑이서 요강단지이다 엿 과 놓구 널 지다리구 있던디 어서 가 봐 춰서 벌벌 떨멘서 너 잘 있너냐구 묻넌디 눈이 다 진무렀더라” 뒷전이 앉은 언니덜 서루 눈을 끔먹거리메 숙웃음 웃었쥬 문짝이다 붙혀 놓은 쪽유리루 배깥을 내다봉께 앞이 뵈지 않넌 눈곰뱅이, 이러키 춘디 얼어 죽으면 워칙헌댜 연태까징 친오머닌 줄 알었넌디 워째서 진짜 오머니가 또 있다구 헌댜 눈물 훔치며 불쌍헌 오머니 찾으러 정자낭구께루 갔쥬 언 손을 불며 울며 까마득헌 채운다리께루 미끄러지메 가구 있었쥬 쫓어나온 큰언니 내 손을 꼬옥 쥐며 “언니덜이 놀리너라구 그런 겨, 어여 가자” 방으루 들어가니 언니덜 푸진 웃음으루 “야, 채운다리 밑이 아무두 읎어 너 워칙허나 볼라구 그런 겨” 골이 나 부어터진 나를 끌어 안으시며 언 눈물자국 닥어주시던 오머니 품, 그 숙이 목화숨버덤 포근허여 니끼를 주며 곤헌 잠에 들었쥬

정자낭구 안둥네 사람덜 71
— 호박범벅

호딘 추위 메칠 가더니 날이 풀리자 틈실헌 고드름 철철 떨어지넌 날이었쥬 아랫목 구석이다 신주단지처럼 뫼셔뒀던 누런 호박 달챙이숫갈루 득득 긁던 작은오머니 넌무쇠솥이다가 솔가지지펴 챕쌀허구 호박을 푹 괐슈 삶은 피팥 드문드문 빵궈꼬물 맹글구 되게 쑨 호박죽 한뎅이씩 떼서 팥고물에 둥굴리쥬 암만 솜씨를 내 볼래두 큼직허구 널쩍허게 배끼 맹길지 뭇허거든유 둬서너 채반 맹길어노쿠 큰 먹을꺼리나 된다구 아래 윗집 전수 부르먼 대번 잔치집 되버렸슈 늦게야 으시려부치구 들어온 정례오메 "어려, 요눔의 범벅 철푸덕 잘두 널푸러졌네 너부죽헌 게 으진 누구 쌍판데기 같잖여?" "지랄허네, 지끔 누구 얘기 허넝겨 이 쪽재비 오래비 같은 예펜네야" 수냄이 오메가 발끈허덩 걸유 입이 구성거려 만나면 으레 입씨름으루 시작허넌디 또 붙은규 범벅은 넝큼넝큼 잘두 넘어가 삽시간이 그이눈 감추듯 헸쥬 작은오머니 연신 맹글기 바뿌구 뜨끈뜨끈헌 방바닥 궁둥짝 퍼부리구 앉어 수다에 파묻힌 이우지 꾼 덜, 워니새 홰치머 목 빼구 우넌 수탉은 저녁 가리를 알리구 한집 두집 굴뚝이선 허연 연기 하늘루 머리 풀던 하루였슈

정자낭구 안둥네 사람덜 72

— 오머니, 쌀밥 한 사발만 먹으면 얼릉 나슬꺼 같어

좀쌀단지라 부르넌 쬐끄만 독아지 하나 부엌 살강 밑을 늘 제 자리처럼 지키구 있었쥬 식구덜이 열다섯이니 아침저녁으루 단지두 열다섯 숟가락씩 끼니를 거르지 않었슈 한 수저 씩 나투어 뫼 놨다가 워니 때넌 애기 낳구 끼니꺼리 간디읎넌 싯째를 해산헌 순냄오메 첫 국밥이 되기두 혔구유 갈 길 바뿐 할머니의 미음꺼리였구 "오머니, 허연 쌀밥 한 사발만 먹으면 얼릉 나슬 꺼 같어" 홍역에 열꽃 홈빡 든 석냄이의 원 풀이두 됐쥬 홋두루 쓰이넌 단지숙은 먹어두 먹어두 배부를 새가 읎었구먼유 그날두 단지 숙 독독 긁어 이구 가시넌 오머니 뒤따라 미역 한 잎새 들구 쫄랑쫄랑 따라가던 발걸음 신바람 절싸서 불어댔지유 수두룩헌 어린 새끼덜허구 또 만삭이 되어 오늘녈허넌 노산의 아주머니 큰 걱정거리 쩨끔은 덜어주구 오넌 길 까치떼덜 개복숭아낭구 가쟁이 위서 떠들썩 수다 떨던 푸른 기억이 활동사진마냥 선 허구먼유

정자낭구 안둥네 사람덜 73
— 싸우구 울구 말리구

일찌감치 청솔가지 구락쟁이다가 터지게 지핀 저녁 연기두 미어져라 솟어올렸쥬 책보를 암디나 냅비리구 우리집 마당으루 달음박질 헌 증냄이랑 병섹이 아까버텀 자치기를 허구 있었슈 접대넌 작은아버지가 테끼허구 자막대기 깍넌 걸 디려다 보다가 낫 끝에 찍혀 연태 낫지 않은 눈 밑을 디려다 보메 "깨딱했으먼 눈 빠질 뻔 했잖여" 혀를 끌끌 차시던 작은오머니넌 상채기 언다구 배깥이두 뭇나가게 했어유 그래두 물래 나가 동막으루 둥그럭케 다듬어 멍석걸이 뒤에 숨겨 뒀던 목자루 사방치기 허느라구 추운 줄두 물렀구먼유 순금이랑 증례넌 고무줄 놀이에 빠져 있었구유 고뭇줄이래야 사내애덜이 심술부리느라 끊구 도망가구헌 이승갱이 투셍이 줄이였어두 "나가자 동무들아 어깨를 걸고 시내 건너 재를 넘어 들과 산으로 향기롭다 가을바람 몸에 스미니 우리들은 이 강산에 꽃송이라네" 창가에 맞춰 펄쩍펄쩍 뛰먼 이마엔 송글송글 땀방울 맺혔구유 한쪽이선 댕공을 외치넌 다마치기, 숨 둔 거먹 광목바지이다 흰저구리 검은 쬐껴 입은 증냄이랑 고뿔 든 언내를 업구 추썩거리넌 순례랑 땅따먹기 허다가 제 땅을 더 재 갔다머 싸우구 울구 옆이선 말리구유 순덱이두 득구두 즈이오머니가 불러 저녁 먹으러 가구 땅거미 혼저 냅비리구 간 목자덜 우두커니 디려다 보구 있었구먼유 시끌시끌했던 목청덜 한참을 가시지 않은 마당에

정자낭구 안둥네 사람덜 74

— "얼러려, 워쩐 됨박"

"앞머리가 눈을 다 개렸으니 뭐가 뵈기나 헌다니?" 커드런 거먹 보재기랑 가새 어름빗을 챙겨논 큰언니넌 나를 대창말래루 불렀쥬 보재기를 씌우구 가새를 든 언니에게 "큰언니, 앞머리넌 너무 짧게 깍지 마러" "짧으야 더디 질지,이 복다램이에 보재기 또 뒤집어 쓰구 앉었쓸텨?" 깍기 전버텀 뒷모가지랑 이마이넌 땀이 줄줄 흘르구 있었슈 원재쩍이 베렸넌지 가새질 헐 때마두 끄뎅이가 띡겨 움칠허다가 귓박지를 볐내뷰 눈물을 찔끔거렸쥬 "그렁께 가만이 좀 있어봐 움지적거리면 또 빈다이?" 땀 난 목에 붙은 머리카락은 예서 제서 쏘구 귓박지넌 씨리구 "다 깍었씅께 털구 딱어" 얼릉 디려다 본 밍경 숙 워쩐 됨박? 단발이 아닌 앞머리가 둥그시름허게 파진 됨박이 거기 서 있었구먼유 으진 옴팡집 추녀 같은 내머리 "니열 핵교이넌 워치기 간댜, 사내애덜이 언간히 골려쌀 텐디 그저끼 순금이두 기계총 뗑굴뗑굴 뚫린 병덱이가 하두 골려싸서 울었넌디" "얼러려, 됨박머리, 야, 저기 됨박 하나 또 생겼어" 헐 생각허니 큰언니가 미웠슈 굴뚝 모켕이에 앉어 훌찌적거리구 있넌디 "충희야, 어여 밥 먹어, 어둔디 앤 워디갔댜" 배고픔두 홀랑 달아났넌디

정자낭구 안동네 사람덜 75
— 누렁코

"충희야, 넌 각씨허여 난 실랑허께" 마실 오먼 원제구 실랑 각씨 놀이를 즐겨허던 웅이넌 동갑내기였슈 아버지넌 "웅이야, 너 이댐이 충희헌테 장가가먼 워떻것냐?" "아뉴, 쟤넌 코를 너무 많이 흘려서 싫유" 한방에 딱지맞었쥬 그쩍이넌 얘 재 헐 것 읎이 코를 많이 흘렸지먼 원체넌 되다런 누렁코쟁이 충희였넌걸유 연방 문질러댄 소매 끝이넌 강풀을 멕인 거 마냥 늘상 뻣뻣혔구먼유 코밑은 가실 날 읎이 헐어 "넌 워째서 그럭키 코가 많다니" 양 코를 잡으신 오머니 '흥'허여, 한주먹 나온 코를 땅바닥에 메대기치며 "소매이다 문대지 말구 이럭키 허여" 아주 버릇이 돼버려 풀기 전 소매 끝이 먼저 코밑에 와 있었슈 고무줄이나 줄넘기를 헐 때넌 입술까정 내려온 코를 빨어 먹으먼 건건찝찔헌 게 간두 잘 맞었던 누렁코, 고희의 문턱을 넘어슨 지금쯤 웅이를 마주헐 수 있다먼 맹숭맹숭헌 코밑을 얼릉 뵈 줄 수 있을 텐디

정자낭구 안둥네 사람덜 76

— 지어 댄 누데기넌 엔 즉을 덮구 남을꺼-

찬바람 일먼 양말짓넌 일두 으른덜 한테넌 큰 일꺼리였쥬 언니덜은 일릉 저녁상 물리구 윗목이서 졸구 있넌 수북헌 흔 양말 동구리 끌어댕겨 양말을 졌어유 그때넌 면양말이라 암만 애껴 신을라구헤두 구녕이 잘두 났슈 지어 신던 위이다가 덧대어 짓구 또 짓구 목쟁이만 성헐 뿐 시루가루 짓구 진 자리에 발바닥두 워치기나 배겼던지유 그러다가 증 뭇 신을 꺼 같으먼 그 목쟁이를 짤러 다른 양말 짓거든유 뒤꿈치에 난 쬐끄만 구녕이나 발구락 구녕은 즌기다마를 늫구 한땀한땀 얽어매어 잘 져놨다가 워디 갈 쩍이나 신었슈 워떤 때넌 졸다가 등잔불에 앞머리 홀랑 끄실러 누린내가 한방이기두 헸구유 손톱 밑을 찔러 졸음이 화들짝 도망갈 때두 쌨었능걸유 두다리 짤려나가 굵은 실 꽈서 새다리 맹근 돋뵈기 넘어루 광목 버선볼 받어 짓넌 건 할머니 몫이었구유 그게 다가 아녔당께유 사시사철 미명 치마 저구리 숙것 앞치마 헐 것 읎이 성헌 것이 워디 하나나 있대유 짓구 또 덧대구 본바닥 이라군 뵈두 않게 짓넌디다 이골 난 우리오머니덜 진 걸루 따지먼 엔 즉을 덮구두 남을꺼 그들먹헸던 동구리 숙 수월헤지먼 광목이불 하나에 암치기나 데굴거리다 잠든 새끼덜 도닥거려 덮어주구 등잔불 훅 불어 끄먼 그제서야 슨 하품만 연신 내뱉던 이운 밤두 눈을 감었쥬

정자낭구 안둥네 사람덜 77

— 보메두 뜨뜻헤 뵈잖유?

"좌악 좌악" 밤 짚은 줄 물르넌 편물기계 소리, 나자렛 편물 학원을 조립허구 집이다가 편물방을 채린 내 동상 일꺼리두 꽤나 쏠쏠했그든유 기계루 짜넌 게옷이 한창 유행허던 시절이어서 숙바지버텀 독고리 숙치마 쉐타넌 시집갈 때 농숙으루 으레헤 가넌 건 줄 알었씅께유 서울서 학원 댕겼다넌 소문이 퍼져 읍내이서꺼정 맞춤이 들어왔쥬 흔 실 갖구 오먼 곤로불 펴서 주전자이다 물 끓여 그 짐으루 꼬불거린 실을 폈구 그건 원제구 내 몫이었슈 주문이 밀릴 때넌 쪽잠을 자멘서 시야게두 바뻤능 걸유 알룩달룩 물색두 고은 게옷을 얌전허게 개 놓으메 "야, 이눔 입구 눈이 가 둥굴어두 안춥것다" "보메두 뜨뜻헤 뵈잖유?" "그려, 후둣허게 입구 시집가서 잘 살으야넌디" "걘 잘 살뀨 근분 사작빨르구 싹싹허잔유" 으붓 오메 밑이서 자란 승식이 혼수를 개 놓으머 저품이다가 행복을 비넌 맘두 잊지 않구 찌어 늫지유 코를 잡었다 뺐다 허머 밀어대넌 기계 인제넌 몸살이 날 때두 된 것 같튜

정자낭구 안둥네 사람덜 78

— 즌기넌 끄구 온겨?

"녈 모리넌 우리 둥네두 즌기가 들어온댜" "민장님이 오셔서 젤 먼저 키신다네" 그날은 아침버텀 온 둥네가 들떠 있었쥬 사람덜이 다 뫼 자리에서 민장님이 쬐끄만 단추를 누르닝께 온 집안이 환허게 되대유 애 으른 헐 것 읎이 박수치메 더덩실 춤추구 두레꾼덜 신바람으루 징치구 돌무 돌리구 한판 벌어졌지유 뒷간 문 앞까지 달어매어 밤중이 뒷간가기두 들 미서웠구 "즌기넌 끄구 온겨?" 오머니의 입버릇이 되셨쥬 등잔을 쓸 때넌 아주 워쩌다 촛불만 써두 대낮 같었넌디 눈부시게 환헌 밤이 겡연히 낯설었구먼유 어린 남동상 호기심 반 재미 반으루 켰다 껐다 허면 즌기 다 닳넌다구 호통두 크셨구유 그러구 월마 있다가 텔레비죤이 들어왔슈 아들이 민서기 댕기넌 한서방네 집이였구먼유 핵교이서 오먼 텔레비전죤 켜 있을라나 둥네 애덜 그집 대문간을 지웃거렸구유 언니가 나와서 들어오라구 허면 우루루 그앞이 앉을라구 튀격태격두 헀구 새까먼 눈동자가 그 속으루 들어가넌 줄 알었당께유 "느덜 발꼬랑 내 때미 숨두 뭇 쉬것다, 제발 그 발목쟁이 점 딱구 오너라" 신신 당부 허셨쥬 그럭키 즌기 때미 새 시상 만났다머 춤추구 잔치를 벌리던 때두 쉰 줄이 넘어가네유

정자낭구 안둥네 사람덜 79
— 사랑방 얘기

둥네꾼덜 사랑방인 우리 집 사랑채넌 동지슫달 짧은 해 땅거미 지기 미섭게 아저씨덜 뫼기 시작했쥬 샌내끼 꼬넌 이서방 메꾸리 트넌 동이 할아베 구럭 엮넌 건너말 범수 아베 매방석 둥그렇게 트넌 한서방, "구럭 밑이 전수 빠졌다구 예펜네 언간히 짜 야지" 구럭을 엮던 범수 아베 먼저 말을 끄내대유 담배를 피어물구 손바닥 침 발러 연신 비벼 샌내끼를 꼬넌 이서방 "우리집은 니열 가마 칠 샌내끼가 읎댜 워치기나 어척시런지 내가 이녀리것 꽈 대다가 골병들것어, 싸게싸게 처야 모리장이 내다 팔어 학자금 보탠다나 워쩐다나" "그레두 아들이 공부 잘 헝께 일 헐 멋 날걸 뭘 그려, 이번이넌 멧 등 했댜?" "걔넌 늘 일 이등은 허여" 자식 자랑에 어깨가 으쓱헤진 이서방였구유 말읎이 쌈지 끄내 신문지이다 침 발러 담배 말어 무넌 한서방 한심 소리 매방석 골골루 찌며들었슈 "그런디 자네 안식구 차도넌 좀 있넌겨?" "차도넌유, 점점 더 허유" "그러니 워칙헌 다나 큰 빙원이라두 가봐야 쓰잔여?" "누가 나같은 눔 둔 꿔 준데유 갚을 질 읎응께유, 인전 그냥 앞세울라내뷰" 뾰죽헌 수가 읎넌 방안 사람덜 신문지에 말은 봉초만 애꿎게 줄담배질 헤댔구먼유 이슥헌 밤 한서방의 안타까운 처지를 가심마두 무겁게 안구 사랑방 문을 나서니 워니 때부터인지 한서방 딱헌 얘기를 엿들은 함박눈이 펑펑 울구 있었슈

해설

푸른 기억의 노래 : 단편 서사의 진경 혹은 추억의 이식

김석준 문학평론가

푸른 기억의 노래 : 단편 서사의 진경 혹은 추억의 이식

김석준 문학평론가

그때, 그 시절은 정말 아름다웠고, 따스한 인간애가 넘쳐나는 인륜적인 공간이었을까? 정말 그때, 그 시절은 유미적인 언어가 도발되는 아름다운 서사의 공간이었을까? 진정 우리는 그때, 그 시공간으로 되돌아가 아름다운 몽상을 향유하며 인간과 세계 사이에서 생성된 균열을 봉합할 수 있을까? 김충자 시인의 「정자낭구 안둥네 사람덜」 연작 79편(이하 인용시는 「연작」으로 표기함)은 그것이 가능하다고 생각하는 것 같다. 이를테면 금번 상재한 『정자낭구 안둥네 사람덜』은 "푸른 기억"(「연작 72」)에 침전된 다양한 삶의 스펙트럼을 단편 서사의 형식으로 그려낸 작품집인데, 그것은 바로 추억을 이식하는 인간학적 삶의 진솔한 노래라 하겠다.

"고희의 문턱"(「연작 75」)에 서서 "아련한 추억"(「자서」)에 잠긴 채 시말의 서사와 상면하게 된다. 과연 그때, 그 시절은 "꿈이 있었던 시절"(「자서」)이었으며, "마음의 허기"(「자서」)를 달래는 숭고한 상생의 공간이다. 아니 시인에게 충청남도 당진의 어디쯤으로 명명되는 "정자낭구 안둥네"는 영기가 서린 상생의 공간이자, 인륜적인 "희망"과 "꿈"(「연작 1」)이 변주되는 현실의 공간이었음에 틀림없다. 설령 김충자 시인에게 주어졌던 시간의 문양 전체가 가난한 서민들의 "살림"(「연작 10」)살이에 집중되기는 했지만, 따라서 그때, 그 시절의 최대의 덕목이 빈곤을 퇴치하는 것이기는 하지만, 그 가난과 궁핍은 푸른 기억에 침전된 이 세계의 참모습이자 언어의 실재이다. 때론 인간학적인 삶을 포월하는 "덕담"(「연작 2」)을 나누기도 하고, 때론 "동네 아줌니덜 수다"(「연작 3」)에 기입된 애환을 따스한 감성으로 위무하면서, 김충자 시인은 이 세계가 "인정"(「연작 4」)이 넘쳐나는 인륜적 공간이기를 열망하고 있다. 가난했었지만 행복했었고, 풍요롭지만 불안하고 외롭다.

문득 그때, 그 시절의 하얀 "눈썹"(「연작 5」)에 새겨진 정월 대보름의 풍경이 떠오른다. 페이소스가 진하게 배여있고, 해학이 넘쳐났으며 마침내 인간학이 펼쳐지는 따스한 "심성"(「연작 5」)이 읽혀지고 매만져진다. 온 마음이 방언으로 발화되고 심혼으로 전이된다. "햇님"(「연작 6」)처럼 발그레한 순박한 얼굴들이 추억의 심연에서 떠오른다. 어쩌면 김충자 시인의 그것은 "원삼 족두리 초례청"에서 벌어졌던 "시끌버끌했던 하루"(「연작 7」)의 에피소드를 기록한 것이거나 "등골"(「연작 8」)이 휘어지도록 지난했던 서민들의 애환을 포월하는 따스한 감정의 전언인지도 모른다.

"새마을바람"(「연작 9」) 훈풍에 실려 노동의 하루가 시작되고, 고단한 언니의 "선하품"(「연작 11」)으로 노동의 하루가 저문다. 여기저기서 "신세한탄"(「연작 12」)이 쏟아져 나온다. 까닭은 시말의 심연에 가난으로 점철된 고단한 일상의 삶들이 침전되었기 때문이다. 그렇다면 "술조사"로 인해 "늘 가심 죄던 그 시절"(「연작 13」)은 서정적 회감의 대상이고, 아름다운 시절이라 말할 수 있는가? 김충자의 그것이 가난한 서민의 일상을 회감한다고 가정할 때, 이 세계는 진정 아름답고 숭고한 공간인가? 엄밀히 말해서 가난과 고통이 침전된 푸른 기억은 그리 안온한 몽상의 대상이 되지 못한다. 아니 시인의 그것은 추억의 역설이자, 모든 것들을 자본의 역량으로 평가하는 현대성의 반성적인 국면이다. 추억이 강렬하면 할수록, 혹은 궁핍했던 과거가 그리우면 그리울수록, 그것은 소외된 자본의 현실을 반조하는 의식의 거울이라 하겠다.

시말 내부에 "인정의 끈"(「연작 14」)이 매개된다. 외형적으로 풍요롭지만 고독한 현대인이 넘쳐나는 21세기에 사람 냄새 나는 인정은 그야말로 초미의 관심사이자 하나의 화두이다. 오늘도 인정이 그리운 사람을 찾아 거리를 헤맨다. 아니 보다 정확하게 말해서 김충자 시인이 전개한 일련의 시말운동은 현대성이 간과한 인정의 단편 서사를 육화시킨 것에 다름 아니다. 때론 "보리" "이삭(「연작 15」) 패던 시절의 "허기"(「연작 18」)를 직설적으로 소묘하면서, 때론 삶이 침전된 길고 긴 인간의 지난한 "역사"(「연작 16」)를 단편 서사 형식으로 회감하면서, 시인은 자신에 속했던 시간의 파편들을 시말 속에 응고시키고 있다. 물론 말의 경로가 수미일관하게 표현된 것은 아니지만, 따라서 푸른 기억에 침전된 단편적인 사건들을 불규칙하게 여기저기 산종시키기는 했지만, 시말 전체를 충청도 방언으로 육화시킨 일련의 단편 서사는 우리네 삶의 역사 그 자체를 재현한 숭고한 행위라 하겠다.

"유년"의 시간에 기입된 "일상의 생활"(「연작 19」)을 고스란히 드러내 보여주면서, 시인은 유년의 화자인 "충희"와 대면

하고 있다. 시간의 강이 과거로 회귀해 흐른다. 시간은 여기에서 멈춰 저기로 건너가 추억을 되불러온다. "큰언니"와의 "약속" 속에 새겨진 "신바람"(「연작 17」)나는 사연이 뇌리를 스쳤으며, 온통 기억을 "감물"(「연작 20」)로 물들여 이 세계를 전폭적으로 긍정했던 행복한 시절에 다다른다. 비록 말—사태가 묘사하는 의미의 지층이 "긴 한숨" 쉬며 "신세타령 눈물타령"(「연작 24」)하던 가난의 시절에 대한 보고서 형식을 취하고 있기는 하지만, 이 세계가 인정의 끈에 의해 얼기설기 얽혀져 있는 한 정자나무 안동네는 인륜적 공감대가 형성되는 유미적인 승화의 공간임에 틀림없다.

오늘도 "밀이삭"(「연작 21」) 패는 봄의 어디쯤을 무량하게 응시하며 추억의 심연으로 침잠해 들어가고 있다. 갑자기 노발대발 "불호령"(「연작 22」)이 떨어지는 갈등의 중심으로 뚝 떨어져 시간의 불협화음 속으로 침잠해 들어가게 된다. 이를테면 푸른 기억의 침전물들은 무의식의 저장고에 가라앉은 삶의 파편들인데, 그것이 바로 금번 상재한 『정자낭구 안둥네 사람덜』에 묘파된 단편 서사의 시적 정체라 하겠다. 뜬금없이 "손대리미의 추억"(「연작 23」)에 색인된 애타는 마음이 떠오르고, 또 긴 "가뭄"으로 인해 고통스럽던 "일천구백육십오 년"(「연작 25」)에 시선이 고정된다. 마치 단편 서사의 진경이 시간의 선율 위에 기입된 의미를 찾아떠나는 존재의 여정이듯이, 시말은 힘든 노동의 하루를 "노랫가락"(「연작 26」)으로 위무하는 따스한 감성의 변주곡이자, 허허벌판 같았던 이 땅 위의 서민의 삶을 위무하는 존재의 언어이기도 하다.

"말라리아"에 걸려 "오한"(「연작 27」)에 떨어야했던 빈궁의 시절도, "밥 한사발"(「연작 28」)에 인정을 나누며 서로가 서로에게 힘이 되고 위안이 되었던 시절도 그립다. 그리움의 서사가 고동치고 메아리쳤으며 마침내 인간학적 진실과 공명하게 된다. 아니 자본의 외연에 의해 완벽하게 포획된 채 모든 것들을 물화시키는 21세기에 궁핍으로 치를 떨었지만 아직 인정의 끈이 남아있던 20세기의 한복판은 그나마 살가운 정을 나눌 수 있었던 인륜적인 공간이었음에 틀림없다. 물론 지금도 그때, 그 시절을 생각하면 까닭 모를 식은 땀이 "등짝"(「연작 29」)에 흘러내리는 경우가 없지 않아 있지만, 20세기 한복판을 방언의 파롤로 "깔깔"(「연작 30」)거리던 추억의 공간은 여유로운 웃음이 번져나는 해학의 공간이었음에 틀림없다. 구수한 입담이 오가고, 또 "억척"(「연작 31」)스레 "등짐"(「연작 32」)지고 장에 나가 자식을 위해 고생하시던 이 땅위의 부모님이 떠오른다.

따라서 추억의 이식은 꿈이 많은 "사춘기 소녀"(「연작 33」)의 사랑의 이식이자, 아버지의 아버지와 어머니의 어머니를 추모하고 공경하는 시인의 마음이 발로하는 언어의 심연이기도 하다. 추억은 어머니이고 아버지이다. 때론 "신명"(「연작 34」)나게 즐거운 고향의 풍경을 완상하면서, 때론 "단술"(「연작 35」)에 취해 헤롱거리던 유년의 추억을 떠올리면서, 이 세계 전체를 유미적으로 승화시킨 것이 금번 상재한 작품집의 본질이라 하겠다. 확언컨대 그때, 그 시절은 인간애가 넘쳐나는 평화의 공간이었다. 설령 정자나무 안동네의 풍경이 부침이 있는 인간사를 그려내고 있지만, 따라서 20세기 한복판을 살아가는 시인의 굴곡진 삶이 평탄하지 않을 것이라 예측이 가능하지만, 추억의 심연을 관통하는 시말은 포월의 정신성을 충실하게 구현하면서 인간과 세계 사이에서 생성된 수많은 상흔들을 따스한 감성으로 위무하고 있다. 구수한 충청도 사투리가 느

릿느릿하게 온 세상에 울려퍼지고, 또 "똥거름"(「연작 36」) 지게지고 소란스러이 "수선"(「연작 37」)을 떠는 동네 사람이 눈앞에 선연하다.

어쩌면 시인이 전개한 일련의 단편 서사는 "은하수 강뚝"(「연작 38」) 저 너머로 전이되는 숭고한 삶의 이야기이거나 이데올로기의 상흔을 치유하는 존재의 언어인지도 모른다. 아니 20세기 한복판을 강타했던 이념의 전쟁은 빨간 "완장"(「연작 39」)을 상징하는데, 그것은 정자나무 안동네 사람들에게 잊혀지지 않는 하나의 상흔임에 틀림없다. 끔직한 "생매장"(「연작 40」)이 암암리에 자행되었으며, 마침내 이데올로기 전쟁으로 인해 어그러진 "형부의 약속"(「연작 41」)이 산산이 부서져 비극의 가족사를 술회하게 만든다. 분명 이데올로기의 잔유물을 남긴 6·25전쟁은 동족상잔의 비극을 연출하게 되는데, 그것이 바로 "빨치산"(「연작 42」)으로 명명되는 분열의 세계상이다.

"난장"(「연작 43」)이 벌어지고 이데올로기의 분열이 만든 비극이 봉합된다. 말하자면 김충자 시인의 『정자낭구 안둥네 사람덜』은 20세기가 만든 시간의 서사를 반추하는 존재의 살아있는 언어이자, 그 모든 사태를 인간학적 온기로 승화시키는 삶의 언어에 다름 아니다. "할머니의 할머니"(「연작 45」)가 전하는 전언들을 온 세상에 공명시킨다. 때론 "천지개벽"과 "입소문"(「연작 44」)에 매개된 시간의 진실을 심문하면서, 때론 "꾀병"(「연작 46」)을 앓는 척 하며 사랑의 현주소를 점검하면서, 시인은 푸른 기억 내부를 밝고 투명한 시간으로 채색하고 있다. 홍수가 나 "황토흙물"(「연작 47」)로 온 동네가 뒤덮였던 추억도, "푸른 한가위 둥근 밤"(「연작 48」)에 대한 그리움도 다 소중하고 아름답다.

시간의 산책자인 시인에게 이 세계는 로베르토 베니니 감독의 「인생은 아름다워」이거나 모든 것을 승화로 고양시키는 숙명의 공간이다. 그때, 그 시절로의 회귀는 영원히 갈 수 없는 세계에 대한 동경이자, 시인이라는 운명이 마주한 언어의 진실 그 자체임에 틀림없다. 추석 명절에 "심파"극 "장화홍련전"(「연작 49」)을 보던 순간으로 회귀해 어머니 "당신"(「연작 50」)의 삶에 경의를 표하며 추억에 잠기다 문득 "청산"(「연작 51」)으로 떠나신 아버지를 떠올린다. 마치 푸른 기억의 서사가 레테의 저편으로 가라앉은 인간학적 진실을 현재의 시간으로 복원하는 행위인 것처럼, 김충자 시인이 전개한 일련의 연작들은 시간의 의미를 반추하는 현전의 언어이다.

불에 그슬린 "서리콩"(「연작 52」) 먹으며 "개밥바라기별"(「연작53」)을 바라보던 저녁 무렵의 풍경이 눈앞에 선하다. 물론 그때, 그 시절엔 늘 "허기진 뱃구레"(「연작 54」)에 보리죽이나 풀죽만 먹기는 했지만, 따라서 정자나무 안동네 사람들 대다수가 가난으로부터 그리 자유롭지 않았던 것 또한 사실이지만, 시인의 그것은 시의 표현법으로 토속적인 방언을 적극적으로 활용하여 인간과 세계를 유미적으로 승화시키고 있다. 그리고 이러한 시쓰기의 전략은 미당이 호남 방언을 적극적으로 활용하는 것과 같은 효과를 얻게 되는데, 그것은 경쾌한 리듬감과 아울러 삶을 적극적으로 옹호하는 긍정의 태도이다. 인공감미료 "미원"(「연작 55」)을 희화화하고 또 하얗게 내려앉은 "서캐"(「연작 56」) 머리카락에 화학약 DDT를 뿌리던 저녁의 풍경을 따스한 어머니의 시선으로 바라다본다.

"해빛 밝은 토방"(「연작 57」)에서의 안온한 몽상이 온 누리로 번져가고, "등잔불에 비친 순례"(「연작 58」)의 발그레한 얼굴이 떠오른다. 미소가 번져나고 "단 웃음"(「연작 59」)이 전이 된다. 말하자면 일련의 연작은 "아카시아꽃"(「연작 60」) 향기 그윽한 해학이 넘쳐나는 그리움의 전언이다. "하루 품"(「연작 61」)을 팔며 근근이 살아가던 노동의 삶이 웃음을 통해서 위무되었으며, 이 세계가 오곡백과 풍성한 "풍년"(「연작 62」)이 들었으면 좋겠다. 아니 역으로 가난에 굶주렸던 그때, 그 시절은 풍요로운 언어의 공간으로 변주되어 잊혀진 서사를 도발하게 되는데, 그것이 바로 넉넉한 인정으로 "푸짐"한 "밥상"(「연작 63」)을 나누는 참된 모습이다. 풍요로움은 자본적이지 않다. 풍요로움은 마음이다. 풍요로움은 그리움의 전이이자, 추억의 이식이다. 특히 김충자 시인의 그것은 심안으로 추억의 심연을 내밀하게 응시하면서 넉넉한 마음을 현대의 공간에 이식시키고 있다.

"누런 알곡"(「연작 64」)들이 온 들판을 그득 채워 풍요롭듯이, 이 세계가 인정의 그늘 아래 포근히 숨쉬는 평화의 공간이기를 소망하게 된다. 가을걷이를 끝내고 "이엉"을 엮어 "용마루"(「연작 65」)를 올려 겨울 준비를 한다. "냉이꽃 닮은 아지매"(「연작 66」)의 애절한 사연도, "놀음 빚"에 내몰려 논을 팔던 "허서방네"(「연작 67」)의 사연도 이젠 다 알 것 같다. 이젠 그때, 그 시절의 모든 사연들이 "청산리 벽계수 한 곡조"(「연작 68」)에 실려 서로 공감대를 형성했으며, 더 이상 가난만으로 점철된 시대가 아님을 알겠다. 설령 "구호물자"(「연작 69」)에 의존하며 "언 손"으로 "눈물"(「연작 70」)을 훔치던 쓰라린 고통의 시대였던 것만은 분명하지만, 푸른 기억은 그때, 그 시절을 밝고 투명한 의미의 기호로 무의식에 침전시켜 인간학 전체를 유미적 승화의 전언으로 술회하게 만든다.

여기저기서 화기애애한 “수다”(「연작 71」)가 터져나오고, 분노로 일렁였던 “시끌시끌했던 목청”(「연작 73」)은 온화한 목소리로 변이된다. 까닭은 이 세계가 인정의 끈으로 끈끈하게 연결된 인륜적인 공간임을 깨달았기 때문이다. 머리에 땜빵이 있는 “기계총”(「연작 74」) 때문에 학교 가기가 부끄러워하던 그 때, 그 시절이 너무도 그립다. 추억은 아름답다. 아니 더 정확하게 말해서 시간의 역량이 온전하게 기입된 추억은 생을 포월하는 푸른 기억의 양력과 부력이 온전하게 표현된 인간학의 구성물의 총체적인 국면이겠기 때문이다.

“선 하품”(「연작 76」)이 나고 하오의 나른한 졸음이 몰려온다. “행복”(「연작 77」)이란 그리 멀리 있는 것이 아니다. 행복은 레테의 강을 건너지 않은 생에의 시간을 추억하는 순간에 생성되는 오묘한 감성이다. 어쩌면 김충자 시인의 금번 상재한 『정자낭구 안둥네 사람덜』은 추억의 이식을 통한 풍요로운 서사의 “잔치”(「연작 78」)를 형상화한 작품집인지도 모른다. “함박눈”(「연작 79」)이 내려 정자나무 안동네 사람들의 세세한 사연들을 포근히 감싸안았으면 좋겠다. 그냥 무탈하게 그때, 그 시절을 안온한 몽상 속에서 추억했으면 좋겠다.

> 나이 탓일라나유 요새넌 잊구 살았던 옛날 일들이 자꾸만 떠올라 뒤지구 더듬어 찾어 봤구먼유 탑새기가 시루떡 케 같은 머리 속 틈우지 빛바랜 얘기 쪼각덜이 곰삭어 있데유 잊혀질까 미서운 인정쪼각덜 인제버텀 우리네 빈 마음터이다가 채국채국 모종해 드릴라구유
>
> —「연작 1」 부분

태풍 볼라벤이 훑어 어지럽게 나딩굴어 있는 감나무 밑 그 옛날 보석을 찾듯 풀숲을 뒤적거리며 줍던 홍시를 꺼멱 치마 흰 저구리 지지배 혼저 책봇따리 허리춤에 뎅여매구 게 서 있으면서 오늘은 왜 안주서먹네유

—「연작 20」 부분

비가 구짐구짐 내리넌 오늘 지둥나무 녹슨 못꼬쟁이에 걸린 흔밀짚모자를 보닝께 그때 그 모자 숙 맑은 햇살과 파닥거리던 게기덜 덕정구지 똘강이다 다시 풀어주고 싶네유 지금두 어제인 듯 물게기떼 튀어오르던 그 여름날

—「연작 34」 부분

시간의 서사는 인간학적인 면모를 어떠한 방식으로 재현하는가? 현재와 과거 사이를 가르는 것은 무엇이며 그것의 심연에 가로놓여 있는 것은 무엇인가? 우리는 왜 시간의 의미를 "꿈"으로 채색하다 추억에 침전된 "옛날"이라는 미망의 서사를 응시하며 또 그것을 애잔한 정조로 노래하는가? 도대체 우리는 고통으로 점철되었다고 믿어지는 추억을 현재의 시간에 이식시켜 삶의 서사와 극적으로 상면하게 만드는가?「정자낭구 안둥네 사람덜」 연작 79편은 하염없이 흘러내린 시간의 흔적들을 역설적으로 드러내 보여주고 있는데, 그것은 미적으로 승화된 시간의 변주곡에 다름 아니다.

시간은 무량하게 흘러 "오늘"과 "어제" 사이에 추억을 침전시킨다. 레테의 저편에 므네모시네가 활짝 미소 지으며 가열했던 일상의 삶을 포근히 감싼다. 말하자면 김충자 시인의 그것은 "인정"의 노래이자, 공감대의 언어들로 구조화된 사람의

서사 그 자체를 육화시킨 작품집이라 하겠다. 사람과 사람 사이에 인정의 끈이 매개되고, 인간학을 표현하는 "희망"의 서사가 비로소 개현되게 된다.

시간이 곰삭으면 추억이 된다. 미지의 시간의 어딘가에 침전된 채 미처 발화되지 않은 언어의 심연에 가닿아 언어를 도발하게 된다. 망각의 세계로 달아나는 시간의 의미를 현재의 순간으로 재현하는 시인. 현재와 과거 사이의 균열을 추억으로 봉합하는 시인. 이를테면『정자낭구 안둥네 사람덜』에 이식된 추억은 인간 김충자가 살아왔던 삶의 문양을 고스란히 드러내 보여준 작품집이자, 삶—시간—세계를 포월하는 푸른 기억의 노래라 하겠다.

강렬했던 "그 여름날"의 "똘강"에서의 "신명"나는 물고기잡이가 눈앞에 선연하다. 밝고 투명하게 과거의 시간이 채색되었으며, 마침내 푸른 기억의 심연에 주황빛 "감물"이 든다. 어쩌면 우리는 너무 빨리 과거의 추억과 결별하고 있는지도 모른다. 아니 디지털 문명이 지배하는 21세기는 아날로그적인 정감의 세계를 거부할 뿐만 아니라, 그것을 진부한 것으로 평가하기에 이른다. 그런데 시인 김충자는 "빈 마음터"에 사람 냄새나는 인정을 이식하여 이 세계가 인륜성이 실현되는 공간이기를 열망하고 있다. 어제와 오늘 사이에 놓인 불협화음을 협화음으로 치환시켜 이 세계가 인간애로 공명하고 있음을 증명하고 있다.

어릴 적 감낭구이서 떨어져 정신을 잃었을 때 감잎을 덮구 깨나셨다던 아버지, 끄니가 근근헌 집 사형제 맏이셨지유 글 공부허구 싶어 외삼춘 서당 뒷전이서 글을 익히다가 그 가문의 사위가 되셨구유 오머니버덤 한 살 아래인 열여섯의 어버지넌 가난이 지겨워 읍내루 나가셨대유 넘의 집 직공버텀 건어물 장사며 양화점, 쌀을 배에 실구 댕기매 인천 장사를 허셨다넌구먼유 푸대자루 그득그득 둔을 긁어 몇십 마지기 논 샀대유 그 해 풍년이 들어 새루 맹근 큰 벳광이 넘쳐나넌디 그걸 뭇 보구 돌어가신 할아버지 생각 때미 광 앞이 주저앉어 통곡을 허셨다넌 아버지넌 늘 빙약허셨어유 위장빙이서버텀 생긴 빙은 다 거치신 아버진 고향인 정자낭구 안둥네루 다시 오셨어유 가난이 웬수여서 입던 옷 져입구 시집을 가야 허는 둥네 츠녀덜 새 입성허며 귀헌 고무신 워떤 땐 농떼기꺼정 매련해서 시집 보냈대유 장례쌀 보증 서주다가 대신 갚어주기를 밥 먹듯 허셨던 아버지 "인저넌 빗 보증 즘 그만 스유" "안 서 주면, 사넌 게 뻰 헌디 연명은 허얄 꺼 아녀" 삽십여넌 넹기 긴 빙살이 끝 세상 빛을 츰으루 본 그 슴달에 오신 길루 되돌아가셨구먼유 청산리 벽계수야를 즐겨 부르시던 아버지넌 쉰 넷의 짧지먼 긴 여운을 냉긴 채 청산으루유

—「연작 51」 전문

추억은 아버지에게서 시작해 아버지에게로 회귀하는 존재의 운동이다. 추억은 아버지 마음의 이식이자, "긴 여운"을 남긴 채 "청산"으로 떠나신 아버지의 운명과 마주서는 서사의 운동이다. 시간이 역류한다. 시간이 압축되고 굴절된 의미의 변곡점에 당도해 삶과 죽음의 서사를 투시하게 되는데, 그것이 바로 아버지의 삶에 응고된 서사의 진실이다. 병약하셨던 아버지, 그 아버지의 삶을 추억하고 위무하는 딸. 교감은 황진이의 단가를 흥얼거리시던 아버지의 모습을 회상하는 것으로부

터 시작하는데, 그것은 푸른 기억에 침전된 가장 강렬했던 추억의 실체라 하겠다. 아버지가 보고 싶다. 늘 남의 빚보증을 서 가계를 어렵게 만드셨지만, 따라서 살림살이가 기울어 가난의 질곡으로 몰아가신 아버지를 원망도 했었지만, 오늘은 왠지 모를 그리움이 가슴에서 북받쳐오른다.

어쩌면 시인이 설파한 단편 서사의 진경은 아버지의 아버지들이 만들어낸 운명의 서사이거나 인간의 굴레가 만든 슬픈 존재의 여정 그 자체를 함의하고 있는지도 모른다. "통곡"의 소리가 온 누리에 메아리 치는 것 같다. 한 많은 아버지의 삶을 이젠 이해할 것 같다. 말하자면 단편 서사는 이 세계와 공명하는 인간학적인 토포스이자, 삶과 죽음이 변주되는 시간의 현상학에 다름 아니다. 아버지의 서사는 우리 모두가 걸어가는 삶의 서사이다. 가난한 "집 사형제 맏이"로 태어나 안 해본 일이 없는 아버지, 그 아버지의 삶을 추억하는 딸, 서사는 푸른 기억의 심연에 각인된 트라우마를 따스한 시선점에 응결시키는 행위인데, 그것이 바로 『정자낭구 안둥네 사람덜』에 묘파된 서사의 진실이라 하겠다.

우리는 너 나 할 것 없이 "청산"에 이르러 삶의 서사 전체를 신화의 경지로 고양시키기에 이른다. 아니 보다 정확하게 말해서 의미화가 가능하고 또 추억의 침전물들을 서사로 승화시킬 수 있는 언어가 존재하는 한, 시간의 형식은 존재의 신화 그 자체의 객관적 상관물이다. 마치 푸른 기억이 말을 생산하는 단편 서사의 보고이듯, 시인의 그것은 기억의 침전물들을 차근 차근 부조시켜 시간의 본질과 상면하고 있다. 오늘은 어제의 동일한 반복이 아니고, 어제는 내일을 생산하는 차이의 흔적이다. 이를테면 일련의 연작들은 다양한 시간의 구성물들을 세시풍속으로 소묘하면서, 그것을 인간학의 차원으로 고양시킨 현대의 신화 그 자체임에 틀림없다. 아버지의 아버지가 그러했었던 것처럼, 푸른 기억의 서사는 추억의 형식으로 재건되어 삶과 죽음을 포월하는 신화로 재탄생하게 된다.

충이 아버지넌 늘 혼자셨지유 편찮으시니 밖이 나오시넌 일이 드물었어유 여름이넌 사랑채 배깥문을 열어놓구 시상 기경, 워떤때넌 자리 맬 논내끼두 꼬셨구 아주 더러넌 청산리 벽계수 한 곡조 뽑으셨쥬 즐기넌 창호지 문짝 가운디다 네모진 쪽유리를 붙쳐 배깥시상을 내다 보셨넌디 핵교이서 오넌 충이를 불러 오늘 저녁이넌 같이 자자구 허셨어유 덜컥 겁이 났슈 자상허기 이를 데 읎으시지먼 근엄허기두 댓쪽 같어 아지매덜 그 마당 지나갈 적이넌 고개두 뭇 들구 담박질 했거든유 덩달어 어려웠던 충이넌 아버지허구 워치기 자야 허나, 츰으루 허시넌 부탁인디 안 된다구 헐 수두 읎구 마지뭇헤 대답을 했쥬 풍구질헤서 수이여물 쑨 사랑방 군불루 왱겨 한삼테미 아궁지이다가 짚혀 방이 쩔쩔 끓었어유 아버지 옆이 누우니 당체 잠이 오질 않넌디 흐뭇헌 아버지넌 사타구니에 꼬옥 끼구 기셔서 옴짝달싹 뭇 허구 땀만 삘삘 흘렸지유 한심 자구 나니께 오줌이 마려운디 잠이 깨실깨미 옴질거리지두 뭇 허구 참다 참다 아버지 품이다가 절절 오줌을 눠 버렸슈 참구 참은 터라 많이두 나오덩걸유 따끈헌 방 뜨뜻헌 오줌이 척척허게 다 젖어 짐이 뭍뭍나넌디 고개두 뭇 들구 있넌 딸을 무릎이다 안치구 지긋이 웃으시며 "어이구, 딸냄이 덕분으루 엊저녁이넌 참 잘 잤구먼 그런디 누구더라, 누가 이 밤중이 뜨건 물 한 사발 엎질러 뜨건 짐이 더 잘 잤구먼"

— 「연작 68」 전문

푸른 기억에 침전된 현대의 신화는 사랑의 서사를 인륜성으로 고양시킨 부녀의 사랑이다. 사랑은 현대의 신화가 양산되는 최적의 장소이자, 단편 서사의 주체이다. 시간이 멈춘다. 아니 안온했던 몽상의 시간으로 회귀해 한 "여름"밤의 추억 어딘가에 의식이 고정된다. 병약하셨던 아버지, 그러나 그 누구보다도 "근엄"하고 "댓쪽" 같았던 아버지의 모습은 정자나무 안동네 사람들의 심성을 대변하는 상징적 존재이자, 20세기를 대표하는 하나의 인간형에 다름 아니다. 가난과 궁핍으로 점철된 어두운 시대에 태어났지만 산업의 역군으로 희생하셨던 그가 바로 시인의 아버지이자, 20세기 한복판을 달구었던 우리 모두의 아버지의 아버지이다.

어쩌면 김충자 시인이 형상화한 단편 서사는 시간의 운명과 마주선 인간 그 자체를 포획하는 언어 전략의 결과물인지도 모른다. 인간학적 진실과의 상면 혹은 서정적 회감의 시적 원리. 고희 무렵의 시인에게 시란 레테의 저편으로 사라지는 삶의 음영을 시말 속에 응고시키는 숭고한 행위라 하겠다. 언어의 포획은 시간의 적극적인 포획이다. 아버지가 "충이"야 하고 딸을 부르면, 딸은 '네' 하고 아버지의 뜻을 받들어, 상호 교감하는 바로 그것이 인륜적 사랑을 표상하는 서사의 진실이다. 『효경』에 이르기를 父慈子孝라고 하지 않았던가? 이 세계는 갈등의 공간이 아니라 사랑의 공간이다. 마치 아버지와 딸 사이에서 오가는 저 인정의 끈이 이 세계를 아름답게 결속시키듯이, 시인의 그것은 인륜적 공감대가 이루어지는 아날로그적 서정을 시말 속에 응고시켜 이 세계를 유미적으로 승화시키고 있다. 언어를 붙잡는 것은 존재를 붙잡는 것이다.

따라서 시인의 추억이 아름다운 이유는 그것의 기본 색조에 밝고 따스한 상생의 기운이 스며있는 동시에 시간의 존재를 붙잡고 있기 때문이다. 사랑의 여율이 온 세상에 흘러넘친다. 마치 "사랑방"에 따스한 "군불"을 지펴 아버지와의 함께 처음 취침하는 딸 아이의 애교섞인 부끄러움처럼, 사랑은 그 무엇으로도 훼손될 수 없는 순수한 마음의 전이이다. 딸 아이는 아버지의 품에서 "오줌"을 싸서 부끄럽고, 아버지는 그런 딸을 "무릎"에 앉히며 환한 미소를 짓는다. 그저 물끄러미 계면쩍어하는 딸을 바라보며 흐뭇한 표정을 짓는다. 따스한 관용의 시선이 온 누리에 퍼진다. 사랑이 하나의 신화로 표상되고, 인륜성으로 고양된다.

팔월 열나흗 날이 생신인 오머니, 송씨 가문 외동딸이셨지유 열일곱 살 때 가난이 눌어붙은 사형제 맏메누리 되셨구유 소싯적버텀 시름시름 앓으신 아버지 빙수발허며 사춘덜이랑 혼저된 작은 오머니까정 열대엿 식솔 먹새 입새 여위사리를 전수 꾸려 나가셔야 했어유 배깥 출입 뭇허신지두 수수년이 된 아버지 어린 자슥덜 애비읎넌 후리자슥이란 말 듣지 않게 헐라구 좋다넌 약 다 구허러 댕기셨슈 멧 십 리 질을 걸어서 약지러 가셨다가 늦은 밤 도깨비헌테 홀려 밤새 채운들 헤매다가 번헌 새벽에야 맥풀려 오신 적두 때룬 비오넌 짚은 밤 산숙 고개를 넘을 때 여수덜이 히히거리메 흙뎅이 집어던질 때넌 '이눔덜 꺼불지 말어라, 으른 지니 가신다,' 호령을 차신 적 한두 번이 아니라시던, 워쩔 수 읎이 당차셔야했던 오머니 그래두 손이 쥔 첩약은 손구락 쥐가 나두룩 웅켜 쥐구 오셨어유 아

버지 금방 돌어가실 것 같어 가마니 숱 일여들 번두 더 헤 늣대
유 소화를 잘 시키지 못하넌 아버지를 위해 엿밥이며 인절미
팥죽이며 감주들을 일년씩 진지 대신 삼시 세 끄니를 번가러
헤드린 정성, 인저 생각허먼 오머니의 열나흘 달 같은 얼굴엔
원재나 그늘이 깊었슈 시집오던 날두 병풍 뒤이서 담배 피셨다
넌 당신의 숙앓이 병두 저첨인채루유 거시침 한축 쏟구나먼 다
뒤집힌 숙 담배 한 대 피어 무시던 오머니 당신은 읎넌 냄편을
위헌 삶을 살구 여든 셋의 질구 심든 일기를 쓰신 오머니를 요
새넌 내 손 끝 놀림 하나 작은 몸짓에서 언뜻언뜻 오머니를 만
나네유 열나흘 달을 빼 닮은 얼굴까징

—「연작 50」 전문

서사의 한면이 사랑의 여율로 고동치는 상생의 인륜적 지평이라면, 그것의 다른 한 면은 모든 삶이 파열하는 절망과 직면하는 숙명 그 자체라 하겠다. 어머니는 숙명이다. 말하자면 김충자 시인이 전개한 일련의 시말운동은 아버지 서사와 어머니 “일기” 사이에 포개진 존재의 “그늘”을 부조시키는 역동적인 운동인데, 그것이 바로 푸른 기억의 정체이다. 따라서 푸른 기억은 양가성으로 표상되는 운명의 서사, 즉 어머니와 아버지 사이에 매개된 이질적인 삶의 대응방식이다. 병약하신 아버지와 억척스럽게 사형제의 맏며느리 역할을 척척 다해내셨던 어머니 사이에 추억의 모든 침전물들이 고스란히 기입되어 있는데, 그것이 바로 「정자낭구 안동네 사람덜」 연작 속에 내파된 서사의 인간학적 진실이다.

아버지와의 따스한 교감이 선명하게 떠오르면 떠오를수록, 애처로운 어머니의 지난한 삶이 너무도 뚜렷하게 눈앞에 선연

하다. 슬픔이 행복과 마주서고, 또 운명선이 저항선과 절묘하게 결합 봉합된다. 말하자면 시인이 형상화한 일련의 단편 서사는 시간과 마주선 삶 그 자체를 진솔하게 드러내 보여주는 존재의 목소리다. 현전의 목소리 혹은 아직도 발화 중인 어머니의 음성. 랑그를 파열시키는 파롤의 진실. 어쩌면 푸른 기억의 침전물들은 시간의 진실을 발화시키는 존재의 언어들로 구조를 이루고 있는지도 모른다. 왜냐하면 아버지에게서 어머니로 향하는 저 반복의 서사가 인간학의 중심에 위치해 있는 한, 추억은 슬픔의 서사를 반조하는 운명의 서사이기 때문이다. 따라서 김충자 시인이 묘파한 단편 서사는 차이의 표현법을 반복으로 재귀시키는 존재의 운동이자, 그 모든 의미를 푸른 기억으로 환원시키는 추억의 전언이다.

아름답지만 슬프고, 슬프지만 입가에 미소가 번지는 정자나무가 있는 안동네 사람들의 표정은 차라리 너무도 인간적인 우리네 삶을 대변하는 민중의 언어라 하겠다. 울고 웃고 부대끼며 서로가 서로를 미워도 하고 연민도 하는 바로 그것이 일련의 연작들에 내파된 언어의 진실이다. 따라서 추억은 양가적이다. 아니 보다 정확하게 말해서 단편 서사를 추동하는 일련의 추억은 가난과 정면으로 상면했던 어머니의 삶을 위무하는 승화의 전언에 다름 아니다. 고통의 시대를 아름답게 포월하는 시인. 어머니의 지난한 운명을 응시하는 시인. 푸른 기억이 아프다. 푸른 기억은 결코 행복만을 의미하는 아름다운 시대의 추억이 아니다. 따라서 푸른 기억의 노래는 존재의 음영이 투사된 “그늘”의 노래이자, “담배 한 대”에 속병을 달래는 슬픈 운명의 서사이다.

둥네꾼덜 사랑방인 우리 집 사랑채넌 동지슫달 짧은 해 땅거미 지기 미섭게 아저씨덜 뫼기 시작했쥬 새내끼 꼬넌 이서방 메꾸리 트넌 동이 할아베 구럭 엮넌 건너말 범수 아베 매방석 둥그렇게 트넌 한서방, "구럭 밑이 전수 빠졌다구 예펜네 언간히 짜야지" 구럭을 엮던 범수 아베 먼저 말을 끄내대유 담배를 피어물구 손바닥 침 발러 연신 비벼 새내끼를 꼬넌 이서방 "우리집은 니열 가마 칠 새내끼가 읎댜 워치기나 어척시런지 내가 이녀리것 꽈 대다가 골병들것어, 싸게싸게 처야 모리장이 내다 팔어 학자금 보탠다나 워쩐다나" "그레두 아들이 공부 잘 형께 일 헐 멋 날걸 뭘 그려, 이번이넌 멧 등 했댜?" "걔넌 늘 일 이등은 허여" 자식 자랑에 어깨가 으쓱헤진 이서방였구유 말읎이 쌈지 끄내 신문지이다 침 발러 담배 말어 무넌 한서방 한숨 소리 매방석 골골루 찌며들었슈 "그런디 자네 안식구 차도넌 좀 있넌겨?" "차도넌유, 점점 더 허유" "그러니 워칙헌다나 큰 빙원이라두 가봐야 쓰잖여?" "누가 나같은 눔 둔 꿔 준데유 갚을 질 읎응께유, 인전 그냥 앞세울라내뷰" 뾰죽헌 수가 읎넌 방안 사람덜 신문지에 말은 봉초만 애꿎게 줄담배질 헤댔구먼유 이슥헌 밤 한서방의 안타까운 처지를 가심마두 무겁게 안구 사랑방 문을 나서니 워니 때부터인지 한서방 딱헌 얘기를 엿들은 함박눈이 펑펑 울구 있었슈

—「연작 79」 전문

인정의 끈이 "사랑방"를 타고 전이된다. 두런두런 이야기가 오가고 또 "이서방"이거나 "한서방" 등등의 세세한 사연들이 시말을 타고 전이되어 온 세상이 공감대가 형성되는 진실의 공간이라는 사실을 직감하게 된다. "범수 아베"이면 어떻고, 또

"동이 할아베"의 간절한 소망이면 어떤가? 우리는 너 나 할 것 없이 자신만의 말 못할 크고 작은 사연 하나쯤 가슴에 묻어두고 현실을 살아간다. 그런데 정자나무 안동네 사람들에게 그러한 비밀은 전혀 존재하지 않는다. 까닭은 김충자 시인이 응고시킨 시말 전체가 운명 공동체의 삶—시간—세계를 선명하게 부조시켰기 때문이다.

너는 나의 삶를 지탱하는 의미의 실재이고, 나는 너에게 힘이 되고 의지가 되는 굳굳한 정자나무이다. 우리는 그렇게 정자나무 안동네에 옹기종기 모여 인정을 나누고 생을 나눈다. 다시 말해서 김충자 시인의 금번 상재한 『정자낭구 안둥네 사람덜』은 20세기의 한복판을 관통했던 우리 모두의 이야기를 육화시킨 작품집인데, 그것은 바로 "한서방의 안타까운 처지"를 함께 슬퍼하며 우는 따스한 공감의 언어들로 구조를 이루고 있다.

때론 "줄담배"를 피워물며 짙은 "한숨 소리"를 내뱉기도 하면서, 때론 매번 "일 이등"만 하는 "자식 자랑"을 늘어놓기도 하면서, 우리는 너의 아픔이나 기쁨을 나의 고통이나 환희로 치환시켜 생을 나누고 삶을 함께하게 된다. 물론 모든 추억이 결코 아름답거나 안온한 것은 아니다. 물론 모두가 행복한 것도 아니다. 그때, 그 시절은 오욕칠정이 공존하는 사람의 시간이자, 공간이다. 따라서 시인의 푸른 기억에 침전된 정자나무 안동네의 일상은 행복으로만 점철된 아름다운 순간들이 아니라, 가난과 궁핍으로 가득찬 시대의 고통을 인정의 끈으로 봉합한 사랑의 전언에 다름 아니다.

어쩌면 자본의 욕망만으로 철저하게 인간과 세계를 재편하는 디지털 세기에 김충자 시인이 전개한 일련의 단편 서사는 소외된 영혼을 치유하는 존재의 언어 그 자체인지도 모른다. 왜냐하면 푸른 기억에 침전된 추억의 단상들은 너와 나의 분열이 아니라, 너와 나를 공감대로 이끄는 상호타자성의 전언이기 때문이다. “사랑채”에 마실 와있는 사람들이 함께 울고, 정자나무 안동네가 전체가 슬픔과 공명하며 운명을 함께 한다. “함박눈”이 온 세상의 시름을 덮어주었으면 좋겠다.

그때, 그 시절은 그리 아름다운 시절이 아니었다. 분명 그때, 그 시절은 가난과 궁핍으로 점철된 고통의 시대였으며, 결코 행복한 시대로 소묘될 수 없다. 분명 정자나무 안동네 사람들에게 그때, 그 시절은 망각의 강으로 흘려보내야 할 고난의 세기이다. 그런데 시인 김충자는 그 고난, 그 가난, 그 고통을 유미적으로 승화시키면서, 우리가 살아가는 이 세계가 인륜적 공간으로 거듭 태어나기를 열망하고 있다.

풍요롭지만 마음이 공허한 현재와 가난했었지만 인정이 있었던 과거를 상호 유비시키면서, 시인은 추억으로의 시간여행을 감행하고 있는데, 그것이 바로 『정자낭구 안둥네 사람덜』이 씌여진 계기이다. 옛날을 이식하는 시인. 추억을 현전의 언어로 위무하는 시인. 충청도 방언이 눈앞에 쟁쟁하게 들려온다. 그때, 그 시절로 되돌아간 듯하다. 행복하고 아름다웠다. 그때, 그 시절이 말이다.

부록

정자낭구 안둥네 사람덜

부록

1) 그이딱쟁이(게딱지)
느티낭구(느티나무)
션 허게(시원하게)
꼬매신은(꿰매신은)
훈술(솔기)
백히매(박히며)
디야지게기(돼지고기)
은은(얻은)
새룩새룩(새록새록)
월마를(얼마를)
탑새기(먼지)
인제버텀(이제부터)

2) 슬날(설날)
슬비슴(설 빔)
시배(세배)
수이게기(쇠고기)
께미루(고명으로)
심껏(힘껏)
으진(흡사한)

3) 옵새(어머나)
채린게(차린 것이)
벤벤투(변변하지도)
벱(법)
가심(가슴)
전수(전부)
맹기느라(만드느라)
제제찜에(게젯김에)
머처럼(모처럼)

4) 해꼬(햇빛)
숭년(흉년)
오부졌구유(다부지구요)
구녕(구멍)
솔껄(솔잎)
반천(반찬)
느둔(넣어둔)
멧시경(몇 시 경)

5) 능구(넣고)
짐(김)
지름(기름)
배깥이서넌(밖에서는)
모심딕기(모심듯이)
수둑허게(수북하게)
짚어두(깊어도)
시상(세상)

그녀리게(그것이)

올깨미(올까봐)

젤루(제일로)

숙것(속옷)

둥안(동안)

낑겨(끼여)

빾이루(밖으로)

6) 원체넌(워낙은)

으시져(덕지덕지)

비넽으라구(내뱉으라고)

으른(어른)

쓱(씩)

즈덜두(저희들도)

슬그먼치(슬그머니)

지울이며(기울이며)

7) 새 새닥(새댁)

쥔 각씨(주인각시)

과년헌(나이 찬)

8) 농숙기경(농속 구경)

슨보먼(선보면)

샘일날(삼일 날)

시으른(시어른)

디리구(드리고)

느(넣어)

이우지(이웃)

즘신(점심)

대잡(대접)

9) 민서기(면 직원)

츰(처음)

다랑가지(다랑이)

곰지게(고소하게)

10) 주살라케(부리나케)

츤(천)

푸다듬어(풀 먹여 다듬어)

홋두루(여러 가지로)

졸입헌(졸업한)

배끼게(바뀌게)

11) 무어루(무엇으로)

넘덜(남들)

봉께(보니까)

띡기게(뜯기게)

드럽구(더럽구)

원제나(언제나)

오랙이마두(오라기마다)

뵈기두(보기에도)

드럽구(더럽고)

함함허구(거칠지 않고)

장냥(장난)

푸새(풀 먹인 옷)

그역시런(까다로운)

잉끼(인기)

12) 가머디리(가마들이)

두멍(크고 둥그런 항아리)

올 즐기두(올 겨울도)

내 분질라나(내 버릴까)

읎샌(없애버린)

짐치부데기(김치조각)

13) 뒤무지(퇴비장)

괴구있넌(괴고 있는)

벤소깐(변소)

잘갑허메(미리 기겁하며)

술지겜이(술을 걸러 낸 찌꺼기)

글력두(근력도)

14) 말가웃(한 말 반)

갠수(간수)

허창(헛간)

게명(고명)

언내(어린애)

15) 뒷독(땅에 묻고 용변을 보던 독)

웠다(워디다)

연태(여태)

승질(성질)

애뷘디(아버지인데)

쩐즌(끼얹은)

16) 검부적지(검불)

연재깨비(연재가락)

구텡이(귀퉁이)

밑찡개(밑씻개)

꾸갱이(짚을 구겨 작게 접 것)

결선허여(소화가 잘 않되어)

벼져(베어져)

쥔(주인)

17) 질래넌(끝내는)

짐밥(김밥)

워째서(어찌 해서)

쓸지두(썰지도)

자발읎다구(참을성 없다고)

18) 질걸(길)

가뗑이(가장자리)

들구(드립다)

버적지루(큰 무더기로)

찌를(똥을)

비낼으매(내뱉으며)

질게(길게)

끄뎅이(머리칼)

얼민(짓궂은)

팔롬헌(파르스름한)

19) 뇌래지머(노랗게 되며)

호명허시매(이름을 부르시며)

보채루(한 보따리로)

20) 너덧(네다섯)

입전부리(간식)

들큰(조금 달달한)

뜹드름헌(떫은)

물르넌 대루(익는 대로)

굴러먹넌(골라먹는)

혼저(혼자)

21) 끄내(꺼내)

근늘 수(건널 수)

22) 이우지(이웃)

앵경(안경)

선상질(선생노릇)

갈치넌(가르치는)

여북허면(오죽하면)

깐보네(낮추어보네)

증말(정말)

23) 불이 쌀 적이(불이 좋을 때)

질 닿게(높게)

삐먼(뿌리면)

델 까메(데일까봐)

단숙것(단속곳)

스사루(시나브로)

24) 짤른(자른)

시수수건(세수수건)

푸악(되게 악을 쓰다)

셤(시험)

핵격(합격)

도처지(지명)

눔(놈)

웬수(원수)

실성(반 미친)

멕이두(먹이지두)

게기(고기)

뎌(뛰어)

인전(이제는)

25) 괴는(고이는)

글렀구먼(틀렸구나)
짚은(깊은)
워니날(어느 날)
가제두(그렇지 않아도)
그 기튿날(그 이튿날)
찐(낀)
빽히지 않는(뽑히지 않는)
가리(논배미)
금저리(거머리)
오금뎅이(오금)
어기적(다리를 벌린 모양새)
오라두룩(오래도록)
둠벙(연못)

26) 베락(벼락)
짐(김)
질른(길른)
안두란(뜰안)
즘신(점심)
부둥난(부종이 난)

27) 돌량(유행병)
빙(병)
번허여(훤하여)
에어루(왼쪽으로)
넹기던(넘기던)
시리죽게(시들시들하게)

28) 지사 밥(제삿밥)
지다리딕기(기다리듯이)
뵈기두(보이기두)
그이눈(게눈)
언간헌(어지간한)
잰(빠른)
주살랍던(뻔질나게)

29) 아시뎅이(초벌덩이)
사작빠른(손발이 빠른)
숭내던(흉내 내던)
단물난(다 헤진)
짐치가 지일여(김치가 제일이야)
멧점(몇 점)
지벙거리넌(집어먹는)
부숭헌(부시시한)
게침(허리춤)
진진해(긴긴해)
심대머(버티며)

30) 숭기(송기)
일르지(이르지)
살강(찬장)
너물(나물)

등생이(산 고개)

수냉이(식물의 어린순)

되게 거네(푸짐허네)

션헌(시원한)

구럭(가는 새끼를 만든 망태기)

32) 젤루(제일로)

질동무(길동무)

질게(길게)

근느야(건너야)

술가지(솔가지)

워떤 디넌(어떤 데는)

아피 가던(앞에 가던)

갱신이(간신히)

워치기(어떻게)

33) 굿 닭(한 장소에 많이 키우는 양계 방식)

뵈여(보여)

구수(먹이 주는 그릇)

허발대신(허겁지겁 먹는)

사친회비(육성회비)

34) 뭍 게기(민물고기)

덕정구지(동네이름)

숭사리(송사리)

쌀붕아(쌀붕어)

멧날멧칠(여러 날)

통발(물고기 잡는 둥그런 발)

35) 실겅(시렁, 선반)

보리꽁뎅이(꽁보리밥)

놔두먼(놓아두면)

쬐끔(조금)

구락쟁이(아궁이)

그러메어(긁어모아)

미낀덩(미끄덩)

숭보기두(흉보기두)

이끔(지금)

뽀각허게(하나 가득)

36) 한부릇(한 포기)

시열비열(힘없이 여리게)

참이(참외)

존(좋은)

질기두(길기도)

벌러지(벌레)

37) 게침(허리춤)

둔(돈)

암치기나(아무렇게나)

읏시러진(깨진)

베낄께나있나(벗길 것이나 있나)

비밀어(베물어)

38) 벨(별)

암만지른(아무리 긴)

우덜(우리들)

제며(저미어)

뭇 멧씅께(못 모였으니까)

언간히(어지간히)

예가장(여기까지)

짠헤(마음이 아파)

쑤끔허구(잦아지고)

예렛새(열여섯 날)

39) 목심(목숨)

시상(세상)

디야지(돼지)

언간허게유(어지간하게요)

직이구(죽이고)

무진(많이)

숙두물르넌(속도모르는)

40) 질래넌(끝내는)

멧 가마 디리(몇 가마 들어가는)

안두란(앞마당)

쓰군(켜곤)

미섭게(무섭게)

잽히셨구(잡히셨고)

쬐껴가면서(쫓껴 가면서)

41) 똑대기(똑 닥 선)

이댐이(이다음에)

때미(때문에)

사올텡께(사올테니까)

42) 질걸(길거리)

제용헤지다(조용해지다)

귀경(구경)

개중이넌(그중에는)

증찰수(경찰서)

자사시런(자상스러운)

43) 슨(선)느먼(넣으면)

뎀벼들어(덤벼들어)

따리꾼(한패 사람)

44) 니얼(내일)

얜(이 아이는)

걘(그 아이는)

고상(고생)

걸걸거리넌(배고파하는)

한시러움(한스러운)

지달리다(기다리다)

가이(개)

45) 디넌(데는)

지짐이(찌개)

버덤(보다)

쬐여두(조금만 넣어도)

전수나와(전부 나와)

46) 거먹살탕(검은설탕)

대창말래(대청마루)

한 대잡(한 대접)

그녀리게(그것이)

찌배(똥배)

47) 뭇헌(못한)

다구지게(다부지게)

갱신히(간신히)

근너(건너)

샌내끼(새끼)

느이덜(너희들)

전수(전부)

저드랑(겨드랑)

질을(길을)

넹기(넘기)

언간허게(어지간하게)

찰름거리던(찰랑거리던)

48) 고봉대미(하나 가득)

말래(마루)

셍편(송편)

방 구텡이(방구석)

뿌레기(뿌리)

지드런(기다란)

지둘러(기다려)

갱신히(간신히)

맹근(만든)

뎅이(덩이)

멕여(먹여)

괴넌디(고이는데)

멩일(명절)

49) 제울때먼(기울때면)

절싸서(휩싸여서)

산뻴(산비탈)

쌨었쥬(많았어요)

조오기(저기)

워서(어디서)

50) 사춘덜(사촌들)

혼저 된(혼자 된)

먹새입새(먹을거리 입을거리)

빙수발(병간호)

후리자슥(못된 자식)

번헌(훤한)

일여들(일곱 여덟)

늫대유(넣었대요)

끄니를(끼니를

번갈러(이것저것 바꿔가며)

인저(이제)

저첨인체루(제켜둔 체로)

51) 감낭구(감나무)

둔(돈)

웬수(원수)

츠녀덜(처녀들)

새 입성(새 옷)

츰으루(처음으로)

52) 머처럼(모처럼)

멕여(먹여)

푸정나무(생나무)

디리(마구)

불땅막대(부지깽이)

어폄자폄(엎어놨다 바로놨다)

배틀(풋콩냄새)

구이그리구 가이그리구

(고양이 그리고 개 그리고)

53) 지더런(기다란)

검부락지(검불)

질닿게(높게 뛰는 모양)

디립다(마구)

구더리(구덩이)

대바래기(풋고추 마른 것)

굴푸지근헌(시장기 도는)

뜨건짐이(뜨거운 김에)

디리구(드리고)

54) 그해우년(그해)

고라실(천수답)

미저지(남어지)

먹새입새(먹는 것 입는 것)

따루(따로)

끄니(끼니)

시루가루(세로 가로)

장뎅이(잔등이)

55) 배얍가루(뱀 가루)

채알치구(천막치고)

한 볼켕이(한 입)

불락케(부리나케)

메들어(모여들어)

본딕기(본 듯이)

숟가락 수챙이 (숟가락 끝 부분)

56) 날쎄(날씨)
쬐끔쓱(조금씩)
구락쟁이(아궁이)
쌀 때(좋을 때)
불땀(화력)
맨재(마른재)
스발 내민(세 발 내민)
제웁더락(겨웁도록)

57) 어숭생변(엇비슷)
대갈찌(대가리)
끄틈배기(끄트머리)
뙤똑허게(오똑하게)
동구리(바구니)
섹경(거울)
자발읎다구(참을성 없다고)
제우(겨우)
내남적 읎이(나나 남이나 할것 없이)

58) 질삼허넌(길쌈하는)
꼔짓대(쩐지대)
대두리(크게)
쌔일수룩(쌓일수록)
겟말이다(허리춤에다)
끄니(끼니)
이락대신(매우 사나운)
나나드나(나가나 들어오나)
무싯날(평일 날)
대갈거리 넌 동안 (얘기가 가는 동안)
말꼬지(벽에다 물건을 걸 수 있게 박아 놓은 못)
치릅은(칠할은)
굴푸지근헌(출출한)

59) 베바슴(벼타작)
수수땡이(수수깡이)
기내(벼를 훑는 도구)
대껴(찧어)
팔폼헌(파르스름한)
불락케(부리나게)
시락지(시래기)
쬐끔 젝여(조금 넣어)
츤신(농사지어 처음 해 먹는)
멧밥 (제삿밥)

60) 원제까지(언제까지)
중헤주신(정해주신)
널러(날아)
지가(제가)
지일(제일)

줄껴(줄꺼야)

당조짐(단단히 맘먹다)

61) 을씨년시런(으슬으슬 추운)

자자헌(잔잔한)

논틀(논길)

하루 품 메야(하루 동안 다른 일을 못해야)

그역시러워(하기 어려워)

62) 짐장(김장)

입설(입술)

똥아리(똬리)

꾸이겨(벼 타작 후 싸인 먼지들)

마당배차(속이 차지않은 배추)

무수꼬랑지(무우꼬리)

소구락(손가락)

다령두리(장다리)

건지(건더기)

우서워(우스워)

써(켜)

즉(겨울)

즈내(겨우내)

양석(양식)

63) 헤(해서)

푀기짐치(포기김치)

느(넣어)

늘(넣을)

허접씨레기(쓰고 남은 것)

나 앉으먼(나와 앉으면)

뜸물(쌀 씻어 받아 끓인 물)

64) 원재거리(어느새)

존(좋은)

데가리(볏단을 말리려고 이쪽저쪽 뒤집는 것)

둬서너군데(두세 군데)

태질허먼(메 치면)

와룽기(벼 터는 기계)

제웁더락(지나도록)

달기생이 꽃(닭의장 꽃)

흐실될께미(흐트러질까봐)

꺼럭(볏 이삭에 붙은 침 같은 먼지)

65) 지벙(지붕)

이영(지붕 둘레를 하려고 엮는 볏짚)

용구세(지붕 꼭대기를 마무리하려고 엮는 볏짚

뻽혀(뽑혀)

얼추(거의)

녈까정(내일까지)

흔(낡은)

군새(썩은 곳에 새 짚을 속에넣어 판판하게 하는 것)

66) 갯갓장사(조개장사)

개뻔닥지(갯벌)

갈허구 즐기넌(가을하고 겨울에는)

좃느라(따느라)

민헐날(면할날)

그쩍이넌(그때는)

끌겡이(꾸러미)

67) 천신(꼭)

어둘 가리(어두울 때 쯤)

찌끼 트려(조금 넣어)

벌텅사발(넓고 큰 사발)

고봉대미(하나 가득)

맹 지랑물(맨 간장)

느루느루(조금씩 아껴)

입이 발렸슈(입에 붙어다니다)

이골나다(수단 나다)

68) 츰(처음)

수이여물(소의 밥)

왱겨(왕겨)

기셔서(계셔서)

뜨건 짐이(뜨거운 김에)

69) 누구 꺼가(누구 것이)

뎌지게(죽게)

절루(저기루)

허기징두(허기증도)

흔(헌)

승당(성당)

쓰지 쓴(쓰디쓴)

쇠태여서(소태여서)

내 비렸넌디(내 버렸는데)

70) 눈곰뱅이(눈보라)

기신지(계신지)

지다리구(기다리고)

진 무렀더라(헐었더라)

니끼를 주머(흐느끼며)

71) 호딘(호된)

쪄(끼워)

대번(금방)

가리(때)

72) 얼릉(빨리)

나슬 꺼 같어(나을 것 같아)

좀쌀단지(절미단지)

쬐끄만(조그만)

간디읎넌(전혀없는)

홋두루(여러가지로)

절싸서(한데모아 싸서)

73) 구락쟁이(아궁이)

암디나(아무데나)

테끼치기(토끼 치기, 놀이의 일종)

자막대기(재는 막대기)

접대넌(몇일 전에는)

연태(지금까지)

동막으루(돌맹이로)

이승갱이(이어붙인 매듭)

다마치기(구슬치기)

쬐껴(조끼)

74) 얼러려(어머나)

개렸으니(가렸으니)

뵈기나(보이기나)

가새(가위)

질지(길지)

밍경 숙(거울 속)

골려(놀려)

75) 원제구(언제나)

원체넌(워낙은)

연방(여전히)

76) 엔 즈을(온 겨울을)

시루가루(세로가로)

뵈두않게(보이지루 않게)

이골난(도가 튼)

멕인(먹인)

77) 보메루두(보기에도)

뜨뜻헤(따뜻하게)

뵈잖유(보이잖아요)

슨 하품(선 하품)

졸입(졸업)

게옷(털옷)

흔실(헌실)

짐으루(김으로)

시야게(마무리)

후둣허게(따뜻하게)

걘(그 애는)

고봉대미(한사발 가득)

그이 눈(게 눈)

숭님(숭늉)

니얼(내일)

모리두(모래도)

78) 즌기(전기)

뫈(모인)

월마(얼마)

79) 구럭(가는 새끼로 엮은 망태기)

메꾸리(짚으로 만들어 곡식을 담

는 큰 함지

매방석(짚으로 만들어 맷돌질 할

때 까는 깔바침)

이녀리것(이놈의 것)

헝께(하니까)

김충자

김충자 시인은 1945년 충남 당진에서 태어났고, 2003년『해동문학』으로 등단했다. 시집으로는『명천 뻐꾸기』가 있으며, 현재 '서산여성문학 서안시 회원' 및 충남 시인협회 회원으로 활동하고 있다.
『정자낭구 안둥네 사람덜』은 79편으로 된 연작시집이며, 그의 고향마을인 '정자낭구 안둥네 사람덜'의 이야기로 구성된 서사시집이라고 할 수가 있다. 아버지, 어머니, 언니, 형부, 친구, 이웃집 사람들의 삶의 문양이 고스란히 드러난 서사시집인 동시에, 충청도 사투리의 승리이자 그 향연장이라고 할 수가 있다.
풍요롭지만 마음이 공허한 현재와 가난했었지만 인정이 있었던 과거를 상호 유비시키면서 추억으로의 시간여행을 떠나는 시인, 추억을 현전의 언어로 위무하는 시인. 충청도 방언이 눈앞에 쟁쟁하게 들려오면서, 그 옛날의 서사적인 드라마가 한 편의 흑백영화로 펼쳐지게 된다.

이메일 : kcj1461@hanmail.net

김충자 시집
정자낭구 안둥네 사람덜

발　　행 2015년 8월 1일
지 은 이 김충자
펴 낸 이 반송림
편집디자인 김지호
펴 낸 곳 도서출판 지혜
　　　　　계간시전문지 애지
기획위원 반경환 이형권 황정산

주　　소 34624 대전광역시 동구 선화로 203-1 2층 도서출판 지혜 (삼성동)
전　　화 042-625-1140
팩　　스 042-627-1140

전자우편 ejisarang@hanmail.net
애지카페 cafe.daum.net/ejiliterature

ISBN : 979-11-5728-034-6 03810
값 9,000원